石牟礼道子全歌集
海と空のあいだに
弦書房

装丁、カバー・表紙・本扉
および本文中の写真

水崎真奈美

目次

Ⅲ　関連エッセイ

I

昭和四十年（一九六五）以前

歌集『海と空のあいだに』（一九八九年刊）

昭和十九年（一九四四）〜昭和四十年（一九六五）

海と空のあいだに　目次

友が憶えゐてくれし十七のころの歌

ひとりごと数なき紙にいひあまりまたとじるらむ白き手帖を

冬の山

昭和十九年〜二十一年

掃き残されし落葉しづかに地に着きてたそがれてゆく田浦の駅

ひとしきりはしやぎて君は帰りゆく野菊の花の夕映えのいろ

われを恋ひゐし人死すと聞く夕風の昏るる線路にりんどうの花

ゆゑもなく嫌悪湧きくる前の座席の唇あかき中年男

木洩れ陽に立ちのぼりいる椀の湯気ほのかにて束の間やすらぎに似し

この秋にいよよ死ぬべしと思ふとき十九の命いとしくてならぬ

わが脚が一本草むらに千切れてゐるなど嫌だと思ひつつ線路を歩く

線路を離れ分け入りし山に湖水あり死にたき心いよいよつのる

なんでもない顔付きをして皆汽車に乗つてゐるなんでもない風にわたしもしてゐやう

わが命絶つには安き価なり二箱の薬が五円なりといふ

毒薬にゆだねられゆく命にてわれの一世《ひとよ》はいじらしきかな

ひとさじの白い結晶がたたへゐるこの重い重い静けさを呑もう

呑みがたきもの飲み下したり反抗のごとく唾液のぼりくる

オブラードの昇汞胸に入り開くとき縋りつきゐしなんの稚な木

黒くなつた血液が音をたてて逆流するひとさじの昇汞を投じた躰が

死ぬことを思ひ立ちしより三とせ経ぬ丸い顔してよく笑ひしよ

穂芒の光なびける野の原に立ちて呼ばむとすれど声なし

おどおどと物いはぬ人達が目を離さぬ自殺未遂のわたしを囲んで

死なざりし悔が黄色き嘔吐となり寒々と冬の山に醒めたり

まなぶたに昼の風吹き不知火の海とほくきて生きてをりたり

満ち潮

昭和二十一年〜二十二年

すすきの穂を口にくわえし女狂人を我は見たりき。秋風のほとほとと吹く日なりし。カンナの葉にくるみて我が家の乏しき雑炊をそつと差し出せばあどけなくもかなしく笑ひて、ほほけ果てたる髪の頬にすり寄せつつ小児のごとき足どりもて去りたり。

いつの日かわれ狂ふべし君よ君よその眸そむけずわれをみたまへ

ときにふと心澄ませばわが胸に燃ゆる火ありて浄き音立つ

白き髪結はへてやれば祖母《おほはは》の狂ひやさしくなりて笑みます

距離を持つもののかなしさ手を伸べし星座はゆるき渦になりゆく

婚礼の行列の土橋の上で

うつむけば涙たちまちあふれきぬ夜中の橋の潮満つる音

道生

昭和二十三年〜二十五年

吾は母となれり　道生と命名したり

かたはらにやはらかきやはらかきものありて視れば小さき息をつきゐる

人間の子なりよこれはこのわれの子なりといふよ眸をとぢておもふ

人の世はかなしとのみを母われは思ひてゐるをせめられてをり

吾子抱きて神詣でするこの朝祈るといふをわれは知りたり

くすり指にまみらふほどに粉々にこぼれてうすき吾子の産爪

リンリンとキャンデー売りが走つてく来年の秋かつてあげるよ

たまさかに夫が買ひ来し鰯百匁如何にせばやと我はとまどふ

今宵もまた諸づるなればこの夕餉進まざるやと夫にわがいふ

ひと月に文芸雑誌を二、三冊あがなはむと思ひしは三年も前

街に出れば真つ白のセーターが編みたいな道生は背《せな》で空を吹いてる

ポコポコと高原の空音《ね》をたてよ一本きりのあかい童木《わらべぎ》

ひとすぢに凝りてきららと昇華する夢幻の珠を見たるかなしみ

かたぶいたトロッコの上にやつとこさ道生がのぼつたオーイと手を振る

げんげ田の夕暮れ頃を泥こねてだんごつくつて吾子はかへらず

　歌集『海と空のあいだに』（1989年刊）

夕ぐれのげんげ棚田の空の色おぼろなる中子ら帰りくる

三つ葉芹わらび石蕗《つはぶき》よめ菜ぐさ摘み来てたのしわが生計《なりはひ》は

摘みて来し野草の器三つならび吾子ははしやぎぬおそき夕餉を

借りて来し金をかたり取りしその友のへらへら笑ひよあなおぞましき

我はいと騙しやすしや友が食ふ白米わなわなと心にしみぬ

かたりと云ふ言葉を今はためらはず吾子は毎日諸の便する

身につきしリズムを持てる言葉にて友がいふ嘘にうなづきてをり

案外にいけしやあしやあの顔をして金を借りらるる気もふつとする

如何やうの顔付きをせむ三千円六ケ月にて借して候へ

泡の声

昭和二十六年〜二十七年

六本のキャベツの珠のふくらみを朝な夕なにふれていとしむ

たらったったと語尾につづける吾子が癖なにか嬉しき事あるらしも

小柴もて小さい小さい箸作り道生は早ばやべんとうたべる

若楠の梢の鳥は幼な鳥ほうほうけきょきょと区切りてなくも

坂を下る道生のあとをころころと山の小石がついて下るも

親指の爪ほどの蟹を雨の日はノートにのせて吾子とあそびぬ

雨洩りのする日の午後に吾子が描く蟹の甲にはポケットがある

吾子麻診を病む

あごの骨あばらの骨の骨のあることを四、五日病みて吾子は知れるも

肋の下掌にすくひ上げこの中にある固いものは何かと問ひぬ

ぎんぎらさまぎんぎらさまと唱ひくるきつねのぼたんの実を振りながら

誓ふとは汝がしあわせをいはねどもひた抱きてゐて祈るに似たり

わが心知りつくすごと肯きてものいひそめし吾子が笑まふも

二人言《ふたりごと》三人言《みたりごと》をも一人ごち吾子は遊べりトロッコの上に

双手にて濡らせる髪を押へつつ雫の下より笑みてくるかな

金のことにわがふれずあり息ひそめ夫と真向ひおそき夕餉す

店頭の赤い三輪車に倚りゆきてお金のあるとき買ふてねといふ

朝夕をわがもの洗ふ川に垂れゆく春の日を野ばら咲きつぐ

雨はれて水量増せる小流れに入りつ岸辺の野ばらを切りぬ

繕ひをはたと抛りぬたぎりくる想ひせまりて声になりつつ

遊び呆けて夕やみ頃を帰り来し吾子がいふなりおかえりなさい

鯉のぼりの鰯が三匹泳ぎよると目をまろくして走り告げくる

はてしなき母のくりごとに逆らはず黙し茶をつむ曇り日の午後

長女なるわれにむかひてをみならの嘆き言ひたまふ母老いませる

あらぬこと一人ごちます祖母《おほはは》の声細々とききとりがたき

狂ひゐる祖母がほそほそと笑ひそめ秋はしずかに冷えてゆくなり

両極をゆかねばやまぬ女なり困つた性よと夫いひたまふ

時々ひとと話するときとんちんかんの事云ふらし

ひとの云ふ言葉はいつも半分くらゐ聴いてるくせがつい嘘も云ふ

何となくついてしまへる嘘なればつきおおせることいつもなきかも

今云へることを直ちに復唱せよと夫からかへばわれはまばたく

歌話会に行きたきばかり家事万端心がけてなほ釈然とせず

それより先はふれたくなきこと夫もわれも意識にありて遂に黙しつ

頸動脈のあかき血の色なまなまと感じてをりぬ掌のうちに

寄り合ひてそのひとときをさざめける泡の声きけば泡の声かなし

舌を刺ししかの毒薬の酸ゆにがき味をこのごろまた思ひいづ

虹の反り鮮やかなるをみあげつつよみがへりくる思慕とおもふよ

佇みて春の陽に曳くわが影をみつめてあれば涙こぼるる

　歌集『海と空のあいだに』（1989年刊）

わだちの音

水俣詩歌・第一集　昭和二十七年六月

一年生がひとりかがんでいつまでも石を叩いてゐる麦畑の道に

おほらかに生きゐよといふ強き声あたたかく欲し肩のあたりに

純粋の言葉はなきや息継がず小鳥のごとく歌ひたしわれは

事あれば常にはうとき人ら来て見当はずれの世辞投げてゆく

男と女のゐる世はときにわずらはし梢の上に雲ひろごりぬ

歌を詠む妻をめとれる夫の瞳に途惑ひ見ゆれわれやめがたし

人間のゐない所へ飛んでゆきさうな不安にじつと対き合つてゐる

楽しいと今言つたことの味気なく矢車草にむきて息つく

ひと日毎にすき透りつつ矢車の花のひとひら時に身じろぐ

愛情に方程式はないと思ひつつ春深き宵をひとりゆきたり

ものの音近ぢかとひびき山峡の街夕されば雨になるらし

馬が引くわだちの音のひとしきり軌む夕べを雲垂りこもる

少年のごとく睡れる夫の顔よきみは底抜けの善人なりき

心いたくうずく夜なり起きいでて灯ともすに壁のわが影うごく

ゆくりなく涌き出でにける悲しみに息をとどめてたたずみにけり

安らかに睡るといふただそれだけの願ひをもちて夜半をさめゐし

白猫

昭和二十七年

帰りきて冷えそめし夜の板の間に手をつき倚ればきはまるかなしさ

吐息する毎にいのちが抜けてゆくうつろさを支へゐる暗い板の間に

寝返れば探れるごとき吾子の腕その掌をそつと抱いてねむる

玉葱の皮なんぞむき泣いてゐたそのまに失つた言葉のいくつ

ひらりひらりとうすつぺらに泳いでゆくわたしの言葉も目のない魚の類

微かな匂ひが残つてゐるひよつとすると透明の蝶になつてるかもしれぬお前

寝返りを打てばひとときき鳴りひそむ虫がわたしの身の近くにゐる

流星をうつしてくづれる波がありはばかりながら息を吐きたり

近よればそろりと手にて土をかき仕末し去りぬ月夜の白猫

揃ひ生ふる葱に月夜は透りつつ白猫かがみ来て音もなく去る

春蟬

頰当てし卓に塵のごと死に枯れて羽虫微動す我が吐く息に

堕ち行くは安けきに似つ不知火の凪にゆるゆるくるめく落陽

鍋は一ぺん磨けばよいといふならず力抜くとき自嘲となりつ

闇ふかき地《つち》となりつつ樹葉より霧吐けばまつはる古き夢幻が

身のめぐりより夜の霧は薄れゆき棲み難き地《つち》に佇ちてをりたり

 歌集『海と空のあいだに』（1989 年刊）

夜ふかき鉄筋の橋にすがり凭るゆく先もなきわが身とおもふ

たちまちに悔となりゆく便りなり汚辱のごとき文字つづりゆく

肩にのこる感触が今日もかなしくて拾ひよみゆく相聞の帖

夕づけばどよめくものも醸しつつ山峡の街のあはき春蟬

うから

南風　昭和二十八年十月〜二十九年二月

狂へばかの祖母の如くに縁先よりけり落さるるならむかわれも

親と子が殴りあふ日々に挟まれゐて膝まずかねば神にも遠く

狂ひし血を持つを嫌でも肯ふ日よ向ふから来る自動車が怖くてならぬ

老いていよいよ険しくなれる父の顔よ酔へば念仏をいひて泣きたまふ

人間に体温があるといふことが救はれがたく手をとりあへり

みれば微かに触手ふるはせゐたりけり軽々と翅虫らの蟻に運ばる

さげすみのまなこと知れば纏ひゆく言葉は嘘となりてやすけし

寝おくれて襟あはす夜は窓近く安息に似し月かかりたり

いちはやく水底に潜む体位もて魚のごとくに寄りてゆきたり

我が内に巣喰ふ両極を律しゆく吾子にむかへば祈りにも似る

うとまるる覚えがなくて捨て置けばすでに奸策は果されてゐき

夜の街にものやさしげに云ひくるる人あれば佇つ恋のごとくに

酒呑めば腰なえとなる弟に縋られてわれも座る草生に

みどり子を叱りてゐしがねむりこく汝が憎みゐし父のごとくに

酒臭く漂ふ寝息乱れつつ汝も受難に墜ちたるひとり

妻も子も養はぬ汝が素面にて云へる金借せと云ふ語は弱し

酔ひ痴れし父に追はれてひそみゐしからからからと鳴る黍畑の中

ばばさまと呼べばけげんの面ざしを寄せ来たまへり雪の中より

幼友《とも》らみな怖がり囲むもの狂ひばばさまなれば掌をも曳きたり

雪の中より掌を引き起せば白髪をふりつついやいやをなし給ひたり

雪やみてかがやく夜半に見せられしむごく静かな狂乱のさま

かがやきて降る雪片を見し夜より傾きそめし地平とおもう

雪の上ねむらんとする指の間に触るるかそかな風のごときが

うつくしく狂ふなどなし蓬髪に虱わかせて祖母は死にたり

橋の下に嘆きも果てて住むならむひそひそとその上を通りぬ

春衣

南風　昭和二十九年四月～十一月

紅絹《もみ》などがあれば幾夜も継ぎ合はせままごとめきてゆくほどの夢

母さんがいちばん好きと子にいはせ暗い灯りの下に抱きぬ

灯の下に額をよせくる吾子の眼に探られてゐし呆心の間を

ねむりゆく拳はかたく握りしめ我の見難き夢もみてゐむ

誰も見ぬときのしぐさといふを持ち振りかへるとき我は稚く

疑惑ふいに深まるときは担ひゐる水重く石の段をくだれり

春の衣裳脱げば重たくなる項《うなじ》ひとりの室にくづをれ坐る

円の中に引き絞られゆく風景は落葉しきりに我を閉ざせり

云ひ度いこと云へばなほさらさみしきに花を千切る様にならべる言葉

倚れる樹はみな裸木となりゆけば爪立ちあへぐ呼ばるる方に

さるレストランに働きて

見くだしてもの云ひつけし人去れば脚そろへていねいに礼を返せり

握らされしチップ三拾円擲《はふ》られず掌をひらくとき涙にじみ来

こころ堅く閉せばかろくも浮び来る微笑ありひとむれの眸に対ひゐて

ざれ言を云はれる時も微笑みて身を飜へし佇つ柊のかげ

木霊

昭和二十九年〜三十年二月

わが墜ちしところにも続く階《きだ》ありてなほもまぶしき空とおもふよ

愛されし記憶覚つかなきときにまたともる霧の中のあかりが

暖流の香のする霧と思ふとき失へる青き尾びれのごとき

帰るべきところ持たねばまたむせぶ不知火海にそそぐ気流ぞ

海の霧われをつつめば心ふるふ魚身に還るすべは忘れし

人間の足のごときを具へればわが戻るべき海すでになし

呼ばはれば虚空を透り降りて来しわが声魚に似てさびしかり

歌友志賀狂太自殺す

醒めかけしまなぶたの上打たれゐて切なし春の笞《しもと》は匂ふ

春の風ふとやみぬれば呼び返す野の黄昏に没《い》りゆく葬列

均衡を失ひてゆくわがうなじ関はりもなき視線が汚す

毒の液ひらひらと振る手付きさへ死に遂げ得たる君にはふさふ

振り返りゆく笑み閉ざすなり霧の中ゆけどもゆけども木霊が阻む

夜の鳥に似る眸ちかぢかと寄せてゐぬ途切れがちなる告白の前

目のふちの仄かに紅くなり来たる人なにほども知らずして死す

生きてゆくことに肩がきしみ出すかかる時死にたる君をふくめて

黍の葉のからから鳴りよ逸早き颪花の中を抜けて急げり

口ごもりながかりし人去らしめてなほ拒みゐるさびしき腕

噛みあぐみかりかり骨を鳴らす犬かかる夜風化というも進まむ

枯れ枝に手触れて汝の骨かと想ふまた風の中を削がれ来る声

白痴の街

南風　昭和三十年三月～十二月

われと同じ日に生れゐてさびしまむ雪国の月の輪熊を愛す

羞らひが身をすべるときも黒き服着て行く春の雪軽き街

無恰好な馬鈴薯をくりくりむき揃ゆるこの従順にしばらく和む

こつくりをして目覚めたる老乞食羞しがりゐる我に手を出す

あたたかい冬の夜ふけに起き出して倖せな言葉をいつぱい書けり

手袋を脱いで銅貨を拾ふ時少年よ誰も寄せつけぬ背をして

心許してゆく夜の街の雪はげし誰も彼も死にたる人に似てゐて

街々が視界にくだる丘のうへ愛は受洗の形にひそまる

ぷうわぷうわと鳴り出す曲も少しづつ白痴に近づく街を愛する

赤いマフラの男も鋪道によろけ出て街の夕べは其処から濁る

擬態やさしいわれを逃れて春陽のなか往ける少女は何を盗める

花々を乱して雨は降りながら丘越えてひくし汝への挽歌

哀しみに似れば肯ふ頸やさしあなたの虚言とも別なかなしみ

火を焚く

昭和三十年

突き当るばかりになりて眸をあげし少女よ昏れ色はまだ浄き街

逆さまに墜つる間際に反る姿態かかげてわれの歌も危ふし

明けそむる街の中より現れし男ひつそりわれと擦れ交ふ

泣きじやくるわが老母《おひはは》はあどけなく呆けて観音に近きその貌

夕光の中に泪をにじませて座りゐる母を納屋より連れ出す

納屋の隅に来たがる母も狂ひしか夕光のなかのほつれ髪

焼き藁の奥に残れる燠赤し田の中の道よぎらむときに

火ひとつを所有のやうに思ひこみ来る夕来る夕忘れず焚くも

さいなみのやうに風鈴が鳴る夕べからくりをする我の縫針

背を曲げて人は逃れる姿勢をするそこだけ夜の色のシグナル

息低く子を抱き眠る夜のなかの窪みに次々落ちこみながら

カリエスを病む少年の憂愁を海辺の村に残しわかれる

雪

南風　昭和三十一年三月〜四月

雪の中に灯を潤ませて来る電車記憶の中よりわれは近づく

片方の草履が立てし雪煙よろけて転ぶときに見てゐし

死にて後愛さるるなどさびしすぎ拾ひ上ぐ雪の中の朱い草履を

取り捲いてゐし雲の群退きながら北の空より挽歌は湧けり

人間の棲む家の灯がまたたけば余剰なものにわれは囚《つなが》る

体温にふれくるものは哀しきに裾にまつはる夜の野の雪

逃れきて降る野の雪に囲はれぬ夜に続いてゆく雪の空

踏みしめてゆく雪の音の柔かし従き来るものは我を許さむ

´89　歌集『海と空のあいだに』（1989 年刊）

償ひのごとくに生きるといひがたし愛しぬけねば人も死にゆき

背徳の眸のいろをつねに漂はす若者を少しずつ愛しそむ

夜の雪に囲はるる中棲ませゆく死にたる人またひとり増ゆ

つもりくる雪ふり払ふ薄き袖過激なものが戻りはじめる

子が母を母が子を失ふ同義語を探り当てゐる重い夜明けに

頸筋に雪が舞ひこむ終《つひ》の駅われにいちまいの春のストール

探り当てられる言葉と知りながら吐くとき限りなき凍えは来たる

春の雪いちづにふりて遠のける夜明けきれぎれの睡りをせしよ

氾れおつる河

短歌研究　昭和三十一年九月／南風　昭和三十一年九月

傷つきしけものも花も距たりぬ変身の刻ちかづく昧《くら》さ

雪の夜になれば乾きゆく皮膚をもつ傷《やぶ》れつづけしにんげんの裔

雪の季節の閉ぢぎはと云ふを見しことなし夢のみあざやかにいづこよりくる

のび切りしわが影法師剝がんとす木柵に供犧のごとく立ちいて

くだきたる乾貝流砂にまじりゆく遠景のなかわれは残さる

執拗な匍匐のあとを陽はのこし仮死ながければみしらぬ渚

主題曲うしなひしまま鳴りつづく或る夜きりきりと高音の干潟

崖の上より降りくる赤き蟹のむれ寝てみれば斜面のあやふさはなし

われの重芯を落せばゆるくひろがらむ斜面仰むきの角度にうつくし

仰臥するわれに傾きかける崖合歓の花ひらくところにとどまる

青々とひるがへりゆく風の中君の掌のごときもの見うしなふ

扉にてもつれしわれを抜けしとき風がもちゆきしごとき分身

眠りの方へ脱けるまなぶた撫でにくる子の指しばらく遊ばせてゐし

犬の仔より低い地面にくづれゐる身なれば纏はるままにさせおく

たはやすく仔犬どもにも嗅ぎ寄られ庇護さるる者のごとく座りぬ

仮死とけるまぎはしたたか冷えきりし爪先よりくらき渚展けり

視力なき複眼のごとなりゐたる日々近づきしひとも忘れし

われのなかのエアポケット深し吹きいれる風に下りきし裸電球

みごとなる変心をひそかに迫りゐし氾《あふ》れおつればうつくしき河

藻

短歌研究　昭和三十一年十一月／南風　昭和三十一年十一月

まがり角よりくる人間をなつかしむなべてあざやかな悪相の類も

うばはれし水平線をいつしんに呼びをりわれは海の笛ふき

波のまにしきりなる夜の雪そそぎ沈みしままに未完の貼絵

われを囚へてゐることごとく曳きずりてあゆまむ膝にしきりなる流砂《すな》

ふりむきて何に立ちかはる極点とおもふあしもとに流砂ははげし

岩礁のさけめよりしばしば浮揚する藻のごとくなるわれの変身

ひき潮にしたたる牡蠣を吸ふまにもわが内に累々と女死にゐき

とめどなき下降はじまり剝がれゆく海草われの皮膚の色せり

灼け終へし砂地に風がしめりをりひるま裸足の女とほれり

月かげに樹芯を浮かすさるすべり未知なるものら迫りゐるべし

疲れたる花季すぎゆけり樹の下にまだ生々し蛇のぬけがら

反らしたるてのひら仏像に似つ前の世より来しわがふかき飢餓

足跡をもてばのがるるすべなくて背をむけゆきしものらを恋へり

夜の空にふかぶか嵌りとどかねばやがては君の死も見失ふ

雪の夜の貨車が火の粉をふきゆけり殺意にちかきときもかはしゐつ

にごり酒

南風　昭和三十二年～三十三年

黒い木群れを切りさきほそき月いでぬ傷口の花みせあふざくろ

癒着せぬわが傷口にまたなにか棲めりふれあふは魚族らのひれ

あしうらに女のごときしみつきてゐれば未明の河に沿ひゆく

はらからにつながり重きあしのうら土に姙もりおらむみみずも

雪の上に雪が彫りゆく足跡や狂気去りたる斧の形を

わかれ住むちちははのため分けておきし甕のにごり酒うめて饐えきぬ

あくびまじりの念仏呪詛にかはりゆき拭きのこさるる母ののどのくぼ

筆よりもほそき線香もて綴るうろくづの母の背に点字経

あふことなき胎児《こ》に母の時期をもちきらきらしアンプルがめぐるゆり籃

放散し足りぬ母情が自壊する日々みづからをうまづ女とよび

属性のごとき足跡放したることなし孤りのときにふりむく

さめぎはになりてうごかぬしろき闇ほぐさむとしてうはむきの息

複数となれるたやすさあをざめて曇天をはしりさるわれのかげ

無防禦の背中たれもかも見せゆけばひくくならしをり海のほほづき

罰されむため残りたるひとつかとおもふ海風がなぶる前髪

うつくしき火に焚かれたき少女らの空よみえざる汚点はひろがる

橋げたに夜ごと襁褓を干しあへる夫婦こよひは争ふらしき

棲みふりし木霊もやがて宿らむや上流よりきしわかき船頭

指を流るる川

短歌研究　昭和三十四年二月

母の背はうろことなれりかげろふにかさねて彼岸の灸をすえつつ

墓碑銘のなき死つぎつぎよみがへる海へきざはしふかき月かげ

ともりゐるばかりに青きのどぼとけ舳にみあげし夜もありしよ

灯ともさぬ海底の船夜もすがら縁どれば夜光虫の死もおびただし

朽ち舟の龍骨くぐる風のまを耳にかきくどくごとくなる声

めしひたる少女がとりおとす鉄の鍋沈めば指を流るる冬の川

せききつておとせるごとき吹雪くる無音にひらきゆく冬の窓

山の上を一夜わたりゆく風ありぬよりそひながき樹々の声かも

子がねむる病院の上のなかぞらに懸りてゆききするわれの木琴

勘当をいまだにとかぬ七十の農婦釣瓶にからむわらひごゑ

人夫頭のために闇酒を隠しゆくみめよき戦争後家の前かけ

とげられる死を抱きあへば少年もわれもさかなの眸をそむけあふ

狂言めく遺書のあやふさとりかこむ予感ただしき傍観者たち

棲み古りし谷の木霊とわけあひし愛雨季せまる頃かへりくる

海と空のあいだに

サークル村　昭和三十四年四月

怒りうしなひし鹿たちの眸にみつめらる瘋癲院よりかへりしのちも

おとうとの轢断死体山羊肉とならびてこよなくやさし繊維質

畦道は雪となり掌にくるぬくみ母はいつくしみおらんその死も

雪の辻ふけてぼうぼうともりくる老婆とわれといれかはるなり

白髪となりしわが髪いやいやをせねば耳もとにいふ雪の声

焼き石をよもぎにつつみあてがへば蒸籠のにほひする母のふくまく

ふる雪もぬけ毛の類もたぐりよせながら糸車ひくきしわぶき

不治疾のゆふやけ抱けば母たちの海ねむることなくしづけし

潮はつねに船尾のほうになみうてば沈みし舟も夜ごとはしるよ

みえざる汚点もあをくすむ空うつくしき火刑のために曽てはありき

とほくでゆつくりたちあがる蛇が鳴らしゐる鈴　草かわく未明にききとる

雪のまのはげしき空によびかはすくろぐろと山の岩たちの声

鴉

南風　昭和三十六年二月・五月

しやがれたる声になりゆくわがうちに棲みつく老婆すこしわらへる

悲母観音いまだに不在わが村の井川のやもり産みつづけをり

手ぶくろをはめてねむれど寒の指骨さらけでてしきりにとがる

ごくごくといづれへ唾液のみくだす木目の頸して少女党員

ふところ手して豚の餌を煮る童女そのうしろ背につむじ風立つ

鎌置きしおとめ野いばりをせんとする橙の棘いちずにしげる

わがまなこしわしわと青棘にむかいゆく着色さるる魔女裁判図

まあたらしきゆばりのにほひ冬の野に残りて大股にをとめ去りゆく

波の綴るうたなし骨ばなれしながら沈みたくなき夫婦舟

樺美智子をかかへつづける地の窪み集会終へて諸すこし植ゆ

藁束の中のくちづけみしと云ふ日照雨《そばへ》をくぐる人夫らの息

朝まだきわれをたぶらかさんとする鴉老残になりて女は死なぬに

はきだめの中の浮浪者ねがへりて赤にごりするまぼろしの河

壊疽のごとき息つきをりてむきあへばのこれるよ石原の中の白き石

腹赤きいもり深々棲ましめてわが村の井戸したたりくらし

羊歯の根の切口にほふ骨肉ははろかに唇をこぼるる地下水

くも類の吐く糸かぐろくならんとすわが虚《うろ》にさやけし風ばかりなり

わがまなこ張る冬の河さかしまに唇にふれくるうろくづの子ら

廃駅

南風　昭和三十七年一月〜四十年四月

石の中に閉づる密画をおもひつつ羊歯ならぬ髪われも坑夫も

二筋の線路交叉し断たるなり紫苑の眸《まみ》すジャン・ジュネの妃

向日葵の首折れ手錠の影をせり滲みていよよ錆ふかき地

頸ほそき坑夫あゆみくるそのうしろ闇にうごきゐる沼とおもへり

しづくして壊えゐる石にむきあひぬボタ山に生ふ毛のごとき草

湖の真上をいまゆく鳥を想ひつつ風の憩みたるごとき夜あけに

咽喉あかくいたむひるよる水のむに小さき穴ぐらのやうなる音す

水のめば草色に閉づるのみどなり芦のさやぎのなかの眠りぞ

聴覚なき女置き去りてゆく他なし針のめどのごとき闇に笛鳴る

麦の芽のふふむ青さをちらとみぬいたくはげしき春の雪ふる

わがまなこねむりゆくときひらきつつ水平線のうへの帆掛け舟

石の中に閉ぢし言葉をおもふなり「異土のかたゐ」のひとりいま死ぬ

いちまいのまなこあるゆゑうつしをりひとの死にゆくまでの惨苦を

黒き吐瀉終はりて道のべに死ぬをみつわれの気息のうへの夕映え

さすらひて死ぬるもわれも生ぐさき息ながくひく春のひた土に

まぼろしの花邑みえてあゆむなり草しづまれる来民《くたみ》廃駅

あらあら覚え

歌をつくらなくなって久しいが、師は、故人となってしまわれた蒲池正紀先生である。

熊本商科大学で英文学を講ぜられるかたわら、歌誌『南風』を主宰しておられた。戦後間もなく、毎日新聞熊本歌壇の選者をしておられ、幾月か投稿していたところ、おはじめになったばかりの『南風』に入るようにすすめられた。

「あなたの歌には、猛獣のようなものがひそんでいるから、これをうまくとりおさえて、檻に入れるがよい」

というご批評とともに、『南風』入会をすすめられたのである。猛獣というお言葉にわたしはびっくりしたが、たどたどとしただけの、破綻した作が多い。歌会なるものがあるのを知って、熊本に出てみようか、と思いはじめたが、ゆける条件はなかなかできなかった。

熊本といえば、戦死した兄が十六部隊に入隊し、北支にゆく前、面会に行ったことがある。小学六年になっていて両親に連れられ、弟たちと生まれてはじめての熊本ゆきだった。母にとっては、あとにも先にも一度きりのことだったとおもう。

母の手づくりの巻きずしとおハギを、衛門の脇の草むらに坐ってパクつく兄の姿が、非常にものがな

弦書房

出版案内

2025年

『不謹慎な旅２』より
写真・木村聡

弦書房

〒810-0041　福岡市中央区大名2-2-43-301
電話　092(726)9885　　FAX　092(726)9886

URL　http://genshobo.com/　E-mail　books@genshobo.com

◆表示価格はすべて税別です
◆送料無料(ただし、1000円未満の場合は送料250円を申し受けます)
◆図書目録請求呈

◆渡辺京二史学への入門書

渡辺京二論 隠れた小径を行く

三浦小太郎 渡辺京二が一貫して手放さなかったものとは何か。「小さきものの死」から絶筆『小さきものの近代』まで、全著作を読み解き、広大な思想の軌跡をたどる。

2200円

渡辺京二の近代素描4作品（時代順）

＊「近代」をとらえ直すための壮大な思想と構想の軌跡

日本近世の起源 戦国乱世から徳川の平和へ 【新装版】

室町後期・戦国期の社会的活力をとらえ直し、徳川期の平和がどういう経緯で形成されたのかを解き明かす。

1900円

黒船前夜 ロシア・アイヌ・日本の三国志 【新装版】

◆甦る18世紀のロシアと日本 ペリー来航以前、ロシアはどのようにして日本の北辺を騒がせるようになったのか。

2200円

江戸という幻景 【新装版】

江戸は近代とちがうからこそおもしろい。『逝きし世の面影』の姉妹版。

1800円

小さきものの近代 1・2（全2巻）

明治維新以後、国民的自覚を強制された時代を生きた日

各3000円

潜伏キリシタン関連本

【新装版】

かくれキリシタンの起源 信仰と信者の実相

中園成生 「禁教で変容した信仰」という従来のイメージをくつがえす。なぜ二五〇年にわたる禁教時代に耐えられたのか。

2800円

FUKUOKA Uブックレット⑨

かくれキリシタンとは何か オラショを巡る旅

中園成生 四〇〇年間変わらなかった信仰——現在も続くかくれキリシタン信仰の歴史とその真の姿に迫るフィールドワーク。

680円

アルメイダ神父とその時代

玉木譲 アルメイダ（一五二五～一五八三）終焉の地天草市河浦町から発信する力作評伝。

2700円

天草島原一揆後を治めた代官 鈴木重成

田口孝雄 一揆後の疲弊しきった天草と島原で、戦後処理と治国安民を12年にわたって成し遂げた徳川家の側近の人物像。

2200円

天草キリシタン紀行 﨑津・大江・キリシタンゆかりの地

小林健浩［編］﨑津・大江・本渡教会主任司祭［監修］ 隠れ部屋や家庭祭壇、ミサの光景など﨑津集落を中心に貴重な

◆石牟礼道子の本◆

海と空のあいだに

解説・前山光則　一九四三～二〇一五年に詠まれた未発表短歌を含む六七〇余首を集成。

2600円

花いちもんめ【新装版】

70代の円熟期に書かれたエッセイ集。幼少期少女期の回想から甦る、失われた昭和の風景と人々の姿。巻末エッセイ／カライモブックス

1800円

【新装版】ヤポネシアの海辺から

対談 島尾ミホ・石牟礼道子　南島の豊かな世界を海辺育ちのふたりが静かに深く語り合う。

2000円

非観光的な場所への旅

満腹の惑星 誰が飯にありつけるのか

木村聡　問題を抱えた、世界各地で生きる人々の御馳走風景を訪ねたフードドキュメンタリー。

2100円

不謹慎な旅 1・2 負の記憶を巡る「ダークツーリズム」

木村聡　哀しみの記憶を宿す、負の遺産をめぐる場所へご案内。40＋35の旅のかたちを写真とともにルポ。

各2000円

占領と引揚げの肖像 BEPPU 1945-1956

下川正晴　占領軍と引揚げ者でひしめく街、別府がBEPPUであった頃の戦後史。地域戦後史を東アジアの視野から再検証。

2200円

占領下の新聞 別府からみた戦後ニッポン

白土康代　別府で、占領期の昭和21年3月から24年10月までにGHQの検閲を受け発行された52種類の新聞がプランゲ文庫から甦る。

2100円

日本統治下の朝鮮シネマ群像《戦争と近代の同時代史》

下川正晴　一九三〇～四〇年代、日本統治下の国策映画と日朝映画人の個人史をもとに、当時の実相に迫る。

2200円

◎FUKUOKA Uブックレット◎

㉒中国はどこへ向かうのか 国際関係から読み解く

毛里和子・編者　不可解な中国と、日本はどう対峙していくのか。

800円

㉖往還する日韓文化 日本文化開放から韓流ブームまで

伊東順子　政治・外交よりも文化交流が大切だ。

700円

㉗映画創作と内的対話

石井岳龍　内的対話から「分断と共生」の問題へ。

800円

しかった。面会時間がかぎられており、あたりを見まわせばどの兵隊も似たような表情で、親たちのわが子を見守るまなざしもかなしく、子ども心に、思いがけない軍隊の生理のようなものがつよく感ぜられた。ほどなく北支に着いたという「検閲済」の便りが来たが、読んで聞かせる度に母が、

「よっぽど、兵隊さんたちゃ、餓《ひ》だるかったばいねえ」

と溜息をついていた。この兄は父の先妻の子で、兵隊にゆくことがきまってから、わたしたちに逢いたいと手紙をよこした。突然の兄の出現にわたしたちはとても喜び、母は神さまの子のごたると云っていたが、それも束の間、沖縄で戦死した。

その面会のときから十五、六年経っていた。いろいろ工面を重ね一年に二回ばかり歌会に出るようになった。思いおこせば今日、東京にゆくのより、北海道へゆくぐらいな大旅行である。歌会が熊本であるときは、鹿児島本線の鈍行で約百キロ、片道三時間はかかり、深夜の駅でうたた寝して帰りつく。旅館に泊るなど思いもよらなかった。

帰ったあとは一種のカルチャーショックというか、知恵熱とでもいうか、準備と、あとあとの気苦労からどっと熱が出たものである。

歌会に出ようと思えば何ケ月も前から準備せねばならない。家計簿をつけようもない暮しだったが、この頃のが一冊残っている。ビーフステーキのナイフとフォークの使い方を息子に教えるつもりの、赤身鯨が一と切れいくら、練りものの天麩羅三枚いくらと、めずらしくもちゃんと記入して、切りつめたあとがうかがえる。往復の費用と歌会参加費を捻出するためである。

他出することを家人から咎められぬよう、家事万端をととのえておかねばという配慮がびっしり、行

間につまっていじらしいほどである。

その頃、水俣市公会堂に、アメリカ軍の放出物資なる衣類が山のように来ることがあった。古着だが、戦時になってからはすっかり見なくなった純毛製品ばかりだった。これは歌会ゆきにたいへん助かった。ズボンなどをひろげてみると、片脚に、わたしならば二人ははいりそうに大きくて、仰天したものだが、格安で、二、三枚買って来ては丹念にほどき、汚点や虫食いのところをのぞいて手染めをして、夫のジャンパーや背広まで縫ったのにはわれながらおどろいた。洋裁の基本を知らなかったが、幾枚もほどいてゆくうち、衿の返るところの、「ハ刺し」などというのをみて、こういうものかとわかることもあったのである。もちろんそれは、歌会対策でもあった。

息子のズボンやチョッキ、自分の服などは男物に比べると縫いやすく、純毛ではあるし、結構よそゆきのつもりだった。靴下の行商や化粧品の行商にくっついてまわったりもした。これはしかし、天性不向きで、林芙美子のようにはゆかない。時間をかけてまわった分がまるまるムダというもので、心も躰もなんとしんどかったことだろう。新聞販売店で成功した友人が笑って、

「道子さんな、靴下と化粧品ば、配給してまわりよるげななあ。やっぱりあんたは、田んぼ道ば一人で、蠟燭の芯の灯っとるごつして、歩きよるとが似合うばい」

とからかったほどだが、わたしはそれでもいちずな気持だったのである。

どういう目つきをして、母子が汽車に乗っていたことだろう。トンネルの中にはいると息子は珍らしがって、窓によく絵をなぞったが、煙を吐く汽車なものだから、窓枠の桟にたまった煤で指を汚し、熊本に着くまでは鼻の頭があちこち黒くなった。四つ五つ頃である。

わたしは二十五、六の母親であったにかかわらず、そのようなことどもはすべて、いうところの青春だったのかもしれない。この頃がたぶん文学への第一歩だった。

のぞいてみた歌会というのは、地方文化人のサロンというのか、いわゆる名士の常連を中心に形づくられ、そのまわりに、ほんとうにうぶな初心者たちが羞かみながら座をなしている。そこで交わされる会話は、わたしの生活環境にまったくない種類の内容ばかりだった。

蒲池先生をはじめ、中心メンバアの口から出るラフカディオ・ハーンや漱石の熊本在住時代の話。ゴコウセイ・ゴコウセイと耳なれない言葉が頻々と出る。何の話かと思っていたが、第五高等学校というのがあったということが、しばらくしてから理解がいった。水俣から五高へ行ったのは、谷川健一、雁、道雄氏らの兄弟だけであるし、五高生の姿形というものを、それまでわたしはうつつに見たことがなかったのである。ふつうの市民層が五高生を受け入れ、青春と学問のシンボルのように、日常生活にとけ入っているのを黙って聞きながら、教科書の上でしか知らなかったハーンや漱石に生ま身があったことを知ったのは、小さなおどろきだった。

いわゆる文学少女が通る読書遍歴さえわたしにはなく、階層ごとに日常生活の中味も言葉もさまざまなものだというあたり前のことを、水俣で接しはじめた谷川雁さんとの会話の中でも知ってゆくのが、なんともおそい開眼であった。短歌にかぎらないが、芸術表現というものは、どこか生活の外にある高級な、絵そらごとであると思っていたふしもある。

電車の中で、それはきれいに化粧した女の人を間近にながめ、見とれ続けて停留所を乗りすごしたことも一再ならずある。もしもわたしが田舎出の若い男であって、夢のような眉と唇をした美女をみたならば、都市というものの魅惑にわし摑みにされたのではないか、と本気で思ったりした。「麗人募集」なる立看板をみつけたときも衝撃だった。

所帯を持つやいなや、夫の身内の負債を抱えねばならず、ただでさえ不如意の実家から米をもらい野菜をもらい、自分で畠もつくっていた。当時の家事というものはみな重労働で、洗濯も炊事も風呂も、水はみな洗足になって遠い釣瓶井戸から天秤棒で担って来ねばならず、山や渚から拾い集めて来た薪で煮炊きをするので、釜も鍋もまっくろになる。この鍋の底を磨くのがたいへんだった。いま爪を切るたびおもうが、爪などわざわざ切らずとも、クレンザーがわりのシラスをタワシにつけて磨くので、爪がすり切れ、のびる間などなかったのである。ペンと箸しか持たなかった手でしょう、などといわれると、今でもひどくものがなしい。

めしひたる少女がとりおとす鉄の鍋沈めば指を流るる冬の川

フィクションだが、当時の生活の実感ではある。

そういうことだけでなく、アル中気味の弟のことでいつも胸をつまらせていた。この弟は芸術的な天分をしのばせていたが、ふれればこわれるような鋭敏すぎる感受性で、それを発露することなく、二人の子を残して、汽車にひかれて死んでしまった。

自分の糊口をいかにしてしのぐのか、どうやったら短歌雑誌などが買えるのか思うにまかせない。学歴なく手に職なく、もっとも和裁はやれたが、お仕立て代はと聞かれると、「糸代だけでよろしゅうございます」などと答えるのである。これが評判になって持ってくる人が絶えず、徹夜したりするが、糸代程度ではどうにもならない。いくらといえばよいのか、本当に見当がつきかねた。

紡績女工になるにはおそすぎ、カフェか女中の口は熊本にないかとひそかに思っていたが、麗人の看板をみたとたんに、電車の中の美女と思いくらべ、カフェ志望はけし飛んでしまった。熊本というところはまずそういう風に在ったのである。

歌会が果てての帰り、いずれも新米の仲間たちとともに蒲池先生が喫茶店に連れて行って下さった。歌会の席でかねて美貌の歌人と思っていたその人が、店の主人だった。わたしはそれまで水俣で、喫茶店なるものに入ったことがない。わざわざそういう店で友達同士がお茶をのむなどということは、小さな町の暮しになかった。

のちに水俣のレストランで、数カ月ウェイトレスをつとめた経験からしても、そういうところに来るのは早生《わさ》もの好きの若い男くらいで、女などめったに来るところではなかった。

そういう者はよっぽどの暇人《ひまじん》とみられたのである。だから家をほったらかして、わざわざ汽車に乗り日を費して、歌の何のと言って一家の主婦が熊本にまで出かけてゆくとは何事ぞ。男でもできたか、と隣り近所、親類中がざわめき立ったにしても、それが田舎の感情というものだった。

喫茶店の中の、どこにどのように坐ったものやら、目のやり場もなく、ひどくハイカラな紅茶碗は持ちつけないもので手になじまない。お作法の教科書を思い浮かべたりして、つまりは喫茶店に入ったとたんにアガってしまったのである。連れていたと思うのだが、そのとき道生はどうしていたのだろうか。

紅茶とともに先生がおごって下さったのは、シュークリームである。洋菓子用の小さなフォークがついて来たのに、わたしははなから呪縛された。あとでわかったのだけれど、シュークリームなるものは、あの手のフォークでどのようにしても切れる代物ではない。手にとって頂けばよいものを、もじもじ突っついてはフォークを置いたりして、とうとう一切れも食べられなかった。いろいろ話しかけて下さったのに、まったく上の空であった。先生はちらちらわたしの手許をみておられたが、まさかシュークリームと格闘していたとはご存じなかったろう。生きておられたら、打ちあけて笑っていただきたいが、もうこの世におられない。

優しさが全身から立ちのぼっているお方だった。わたしが歌会にしんからなじみきれないのもよくご承知で、ふっくらしながら躰のお弱い夫人とご一緒に、それとないいたわりをかけて下さった気がする。御自宅のある黒髪小学校区に、ハンセン氏病の子弟が通学するのに反対する父兄らがいたため、通学できるように力をつくしておられることを、いつももの静かに話題にされた。そのような先生ご夫妻をわたしはとても尊敬申しあげていた。御気持の透徹した方だった。

『苦海浄土』を書いた後に、熊本日日新聞社が文学賞を下さるという話が出た。選考委員のお一人に、蒲池先生がおられた。そのご推賞をわたしはご辞退させていただいたのだが、歌をつくらなくなった後も、不肖の弟子のことをなにかと心にかけて下さっていたのである。

実作者でなくなると歌会にも出なくなったが、そこで出会った人びとには忘れ難い歌友や尊敬すべき先輩が多い。ことに仲のよかった歌友たちの気づかいにみちたまなざしをなつかしく想い出す。

わたしはやみくもに熊本まで出てゆくのに、自分がなにを表現したいのか、なぜ歌会の席に自分がいるのかわからずにいたのではあるまいか。

堀川冨美という、歌もその人自身もじつに端麗な方がいらして、高橋稲荷のそばのお家に泊めて下さったり、一見人なつこいくせ、内心極端に人見知りするわたしに、全身的によくして下さっていた。この人が「歌会から帰られる後姿が、傷ついておられるというか、何も満たされないという風にみえていました」といわれたことがある。そうでないように振る舞っていても、見える人には見えるものだと、その時思ったが、友人とはありがたいものである。

歌というものは、生きる孤独に根ざしているが、歌会で発言している顔はみな立派な社会人にみえる。そのような雰囲気の中でも、抱えている歳月を素顔に垣間みせる人もいた。そういうひとりに、才能をことにも嘱望され、人柄の稚純さを愛されていた志賀狂太さんがいた。毎日紙の熊本歌壇の頃から、見かけとはひどくちがう、老成した達筆の手紙がよくとどいた。それはほとんど作品といってよく、文学的資質の深く蔵された文章だったが、ハガキの短い一葉にも、道生クンによろしくと書いてあるのが常だった。まわりの歌友たちはみなその予感を持って気づかいあっていたのに、自殺してしまった。そのときわたしと同い年で二十六歳、夭折というより無惨である。『南風』昭和二十九年七月号特集の年譜をみれば、時代が軋むときに、もぎとられてゆくような、短い生涯である。鹿本郡来民《くたみ》町に生れ、朝鮮の養家で育ち、中学卒業後、敗戦の年の八月、志願して羅南の歩兵部隊に入っている。幾日間の兵隊だったのか、ソ連の捕虜となり満州に連れてゆかれたというが、二十一年帰郷、定職もないまま結婚し、パン職人、氷菓売りなどするうち離婚、牛乳屋、印刷所などを転々としながら放浪し、最後は人吉の印刷屋から出奔したまま服毒死した。追悼号には絶筆となった歌がのせてある。

少《わか》きらの夢を壊《こぼ》たん言葉吐きわがかなしみを告げんとはしき
わが生きの怠慢はなまじ性ならずかくなりきたるものなしとせず
わが爪に深く喰い入るくろき垢春深む夜の酔いにきたなし
失意中僅かに保つ誇りぞも未明の街に降るさざれ雪
はらからの罪故傘を傾げゆく夕《ゆう》眞《べ》白き雪降る中を

その頁の余白にわたしは書きこんでいる。「他の歌人たちと共に一夜を明かした部屋に、酔ってひっくり返り、指をかざしてみていた、失業者然とした姿を想い出します。その時私たちに彼は毒薬の壜を振ってみせ、それを取りあげると、子供があまえるようにすねた後、渡して『まだあと半分、持っているんだ、うちに』と言い、皆をしらけさせたのでした。」

東京の歌誌『林間』主宰の木村捨録氏が来熊された歌会だった。姿をみた最後である。「他の歌人たち」とは、この人の面倒をよく見ていた来民グループだったとおもう。

この事件は心中深いわたしの短歌への挫折だったかもしれない。巻末の「廃駅」の章は、死後幾年か経ってからひとり来民をおとずれたときの心象である。出詠は昭和四十年。これを最後にわたしはまとまった歌を出していない。

水俣のことにかかわりはじめており、前途の容易ならぬことが予感された。心やさしき歌人たちへのはた迷惑をも思い、ある種の断念を置いてきた気がする。

あらためて読み返してみると、ここに並べた歌は『苦海浄土』に至りつくまでの、心のあらあら書きのようなものである。一首で私小説になっていたり、フィクション仕立てだったりするが、短歌でなにもかも表現したいと思っていたのかもしれない。

日記をつける習慣がわたしにはなく、思い立ってつけている時期はわりに平坦で、何ということもない日常を珍らしがって書いているけれども、それも長くは続かず、一生のかなりの節目になる筈の重要なことがらは、日記にはほとんど抜け落ちている。それにくらべて短歌のノートのほうには、少しなりとも生というものに形と意味を持たせようと試みたあとがうかがえる。

手元に残っている歌稿のうち、もっとも古いのは昭和十九年のものである。この頃、葦北郡田浦小学校に勤務していた。

朝暗いうちに家を出、四十分くらい歩いて水俣駅までゆき、田浦まで四、五十分はかかったろうか。途中の駅で乗りこむ若い女教師たちと一緒になり、四、五人で笑いさざめきながら三十分ばかり歩いて勤務校につくのであった。そのようなゆき来の汽車の中で、歌帖をのぞいたりしていたので、まあ、文学者ねえとからかわれるような少女教員だった。

江上トミさんの実家の離れに、それとは知らず、小学校の同級生溝口滋子さんと下宿していた。この人は『乱れ髪』や白秋の歌や、「山のあなたの空とおく」を口ずさんでみせるような文学少女であった。高群逸枝さんの名もこの人から聞いたのである。後年わたしの縁戚となった。日時を覚えてないがその家を出るとき、壁と障子を二人で綺麗に張り替えたので、おばあさまにほめられた。

戦時中のあらゆることが、田舎なりに滲透していた。「戦局いよいよ重大な時にあたり」とか「このような時局に鑑み」などという言葉が、学校視察に来る視学や、校長の訓話の枕に振られるのが常であった。

そのような雰囲気の中で、大人のように考えて生きなければならない。これがじつに苦しみだった。その前に、年頃というものにさしかかっているのに、と思っていた。なにしろ十六歳からの教師だったのである。りっぱな先生になる前、ちゃんとした大人にならねばならないが、内心に悶々と抱えこんでいることを考えると、どれひとつとして、たやすく大人になれそうにない。第一、大人とは、どういう人間をいうのか。

身近かな先生方は、時局と自分の素地を使いわけたり上手に重ねあわせたりしているようにみえ、受け持ちの子らを通してみる村の家々は、職員室とは、別世界の苦しみに沈んでいるのが、ひしひし感ぜられる。書かせた作文の山を持ち帰って読みながら寝ると、夢の中まで子どもらが出てくるのだった。自分の憂悶の種を考え合わせると、その上にかぶさっている戦争を取りのけて考えてみても、人間永遠の課題が、世界そのものとなって、横たわっている感じがするのだった。

先生である資格がないと思い続けていた。水俣駅まで行って、どうしても学校にゆきたくなくて、汽車をやりすごし、田浦とは反対方向の線路を歩いてゆく。線路にそった集落の外れまでゆくと、小さな池があったりした。後にそこは、水俣病の集中した県境いであった。何のことはない、登校拒否症気味の教師だったのである。そのようなときたずさえていたのが、手作り和綴じの歌帖だった。

昨日のようにありありと当時の苦悶がよみがえる。それは結婚後も続き、歌人たちとまじわりができてもかわりなく、水俣のことにつながった。その内実を表現すべき形として、稚なかった頭が、とりあえずは短歌を思いついたのであったろう。

かと言って、特定の歌人の誰かをことに熱読するということがなかった。今でもそうだが、不思議である。宮沢賢治の「雨ニモ負ケズ」を助教練成所で板書して講義して下さった講師がいらして、心の遠い奥によびかけられるような感動を覚えたが、そのあとながい間、賢治を読むことを思いつかなかった。賢治の本がほかにあることを知らなかったのである。これはいったいなんということか。本というものは、教科書のことと思っていたといっても、いまの出版洪水の中にいる人にはわかるまい。当時の水準としても、読書ということを異常に知らない環境に閉じこめられていたのかもしれない。

表現の方法もわからないまま、それなりに七五調にたどりつこうとしているのは、日常語で表現するには、日々の実質があまりに生々しかったからではないか。日記を書かず、歌の形にしていたのは、ただただ日常を脱却したいばかりだったと思われる。

歌誌などにふれはじめ、歌人たちと接するようにもなって、当時の歌壇の作風に刺戟を受けた作り方もいろいろ試みている。生活との距離をなるべくとったつもりだったのだろう。そのような傾向のものは、この歌集からは取り捨てたが、前後の歌のつなぎ目に、不出来なままのせたのもある。

既発表、未発表にかかわらず、年月を置いて今さら歌集を編むのはまことに気恥かしい。あまりに舌足らずな表現の旧作を、活字にすることがためらわれ、歌集にせよという話があっても、辞退し続けて十幾年もすぎた。このたびついに、葦書房から出していただくことになったが、ながい間の久本三多さんの説得と、御思誼にこたえることができるかどうか、心もとない。

熊本の寺のご厄介になって仕事場を構えていらい十一年、一匹の黒い猫が、ひとりのときのわたしの道連れだった。その黒猫、ノンノの死をみとりながらこれを書いた。去年の母の死がひどくこたえている。死者たちの側にいるという気がずっとしていて、すべてのことへの断念ということが、深いところにあり続けたとおもう。

わが洞《うろ》のくらき虚空をかそかなるひかりとなりて舞ふ雪の花

一九八九年二月二十六日

石牟礼道子

解題

『海と空のあいだに』の編纂素材となった作品の出所は次のとおりである。

(1) 『南風』所載の作品

『南風』は蒲池正紀主宰の歌誌で昭和二十七年十月創刊、発行所は熊本市黒髪町宇留毛三六七。石牟礼は二十八年一月号より出詠をはじめた。

二十八年一月号『愁夜』八首／二月号『従ひし朝』六首／三月号『氷雨』七首／四月号『湯槽』六首／五月号『陽光』七首／六月号『倦怠』七首／七月号『某月某日の歌』九首／八月号『青い路展ける時』九首／十月号『血族』七首／十一月号『窓近き月』九首

二十九年一月号『波紋』九首／二月号『身辺』七首／四月号『落葉』六首／五・六月合併号『レストラン』六首／八月号『点火』十首／十一月号『疑惑』七首／十二月号『志賀狂太に捧ぐる歌（一）』十首

三十年一月号『志賀狂太に捧ぐる歌（二）』九首／二月号『挽歌（三）』九首／三月号『風の中の序曲』七首／九月号『夜の貝』八首／十月号『雪』七首／十二月号『白痴の街』九首

三十一年一月号『夜の中に』九首／三月号『雪』八首／四月号『雪（二）』七首／九月号『転身の刻』十首／十月号『変身の刻』十四首（『短歌研究』三十一年十月号掲載の再録）／十一月号『執』七首／十二月号『海女の笛』十四首（『短歌研究』三十一年十一月号掲載の再録）

三十二年一月号『作品X』五首

三十三年一月号『血族』十一首
三十四年二月号『母たちの海』十五首（『短歌研究』三十四年三月号掲載の再録）
三十六年二月号『やさしき証の歌』十三首／五月号『冬の河』六首
三十七年一月号『石の山（一）』七首
四十年四月号『廃駅』六首
(2)『短歌研究』所載の作品
昭和三十一年十月号『変心の刻』十四首／三十一年十一月号『海女の笛』十四首／三十四年二月号『母たちの海』十五首
(3)『サークル村』所載の作品
昭和三十四年四月号『海と山のあいだ』十六首
(4)その他の雑誌所載の作品
『水俣詩歌』第一集（水俣市古賀黒木方・水俣詩歌会・昭和二十七年六月発行）『小鳥の如く』十三首
『林間』（東京都杉並区上荻窪一の四二・林間短歌会・主催木村捨録）昭和二十九年四月号　六首／五月号七首／三十年四月号　八首
『砂廊』（浦和市岸町五の九四・砂廊詩社・編集発行人大野誠夫）昭和二十九年七・八月号　四首
『寄せ鍋』第十一号（水俣市立第一中学校『寄せ鍋』編集部・昭和三十三年十一月発行）『血族』十一首
(5)歌稿ノート十冊
このうちには『雪』『石牟礼道子歌集』『優しき戒律』などと題した歌集も含まれるが、多くは詩・短歌・エッセイなどがごっちゃに書きこまれた下書ノートである。このノート群から『南風』加入以前の作品を含め、かなりの未発表作品を採録することができたが、制作年度については確定しがたい場合もあり、その分については推定によらざるをえなかった。

歌集『海と空のあいだに』未収録短歌 1

昭和十八年（一九四三）〜昭和四十年（一九六五）

未完歌集『虹のくに』

『虹のくに』は戦時中から一九四七年までの短歌を収めたもので、小冊子に製本（和綴）され、「未完歌集」と銘うたれている。作者十六歳から二十歳までの作である。（渡辺京二）

とこしえに未完のうた――。

これをあなたにお返し致します。返すという言葉をお疑いにならなくとも、よろしいのです。なぜかならば、このうたのかずぐ〳〵は、みんな、あなたから生まれ出たものであるが故に――。

あなたから〝にじの国へ〟送りやられたものを、私の魂が勝手に取り上げて、うたにしたのです。

ですから、本来これはあなたのものです。私に、もう完成させることが出来なくなりましたので、

……。

あなたは、それかと云って（うたに、したということに）少しのご負担をも、お感じにならなくてよろしいのです。私は、そのようなことを求めることを最初から抱こうとしませんでしたし、今も、そして、とこしえに、いだこうとはおもいませんから。

にじの国――。

これは、あくまで非現実的な夢のそのです。

けれどもその国は、どんなに、限りなく美しいものであるか、あなたは御存じですか。

最も美しき園の中に、
あなたが！　住んでいて下さるのです。私の中にある美しいものが最上の力を注いで作り上げた園に
――。

これは、あなたを冒瀆したのとは違います。

こゝろのきよらかな乙女だと、私をそうは、思いません。けれども、どんなに私が荒れ果てた心を持つとも、

にじの園を――

のぞいて微笑んでいる時の私は、私のうちで尤もうつくしいものなのです。

このことをわかって戴けますか？　あなたに感謝しているということを、祈りを捧げているということを。

この一枚一枚を、ゆのつるの谷に月夜の宵に流してやって下さい。ゆのつるの谷から、不知火のうみにながして下さいまし。

罰するとも、ほうむるとも、とむらうとも、いづれの意味でも結構でございます。おしあわせに――。

西見つ、東をみつ、ひと恋し十九の秋のいのちを想ふ

のぞみなしうらみまたなしまことなるわが心かもいづくか知らねば

湖水三つ探し出しけり宛もなく歩き出だすがこの頃のくせ

十六の春にとゞめしほのかなる面影ひとつ今も消《け》なくに

われをつゝむ匂ひすべてを焼きつくし煙きえゆかば死なむとぞおもふ

ひそかにも決めしことありそを待ちて生きゐる吾を人おどろかず

笑みかけてふとかなしかり我を強ひて作りし笑みか笑ふをやめる

（高千穂のいでゆの雫よ、わが乙女の日もはやかへり来たらず！）

ポト……ポト……とあまだれおつる……初恋のいたみかなしも遠き想ひ出

うすぐらき旅館の夜のともし灯の中に消えけり十六の恋

すてがたき面影ありぬひそかにも胸にまもりてわが死なずあり

道子道子吾が名抱きて凍る星にかすかによべば涙こぼるゝ

借り物もよけれ借すひとこゝにあれわれにゆるがぬ消えぬいのちを

風と波とひそけく過ぎる渚辺の尾花が原に死にたかりけり

自殺未遂われを守りて夜もすがら明かし、ひとみ言《こと》ふりもせず

吾が此の身在《あ》らむ限りは餓鬼のごと心ひそみて出で迷ふとや

春雨にぬれてひつぎを送るむれひとはたやすく死にゆくものよ

（われ十九になりしといふ）

とこしえにひそかなるものひた抱き三とせのよはひ重ねけるかも

ひそかなるはるのあはれをいとしみて守りてありぬをとめごゝろは

三原山

やるせない夜の乙女の夢は
伊豆の大島三原山
いのちつかれのあくがれは
御神火もゆる三原山
なやみさすらひ旅路の果に
ひとり泣きたや三原山

——昭二〇・二・五

不知火に

沖の不知火流れて小舟で
葦かきわけてひっそりと
千鳥連れに来《こ》よ月の夜さ
乙女連れに来よ
葦かきわけて

——二・一〇

天草の島めぐり〳〵遂の果は不知火の火にならむとぞおもふ

——三・九

六つの日の山姫われは山椿木の上《へ》にのりて空にうたひき

とろ〳〵の炉の火と尽きぬはるさめにはつることなくわがゆくこゝろ

——三・二一

高千穂の頂きにゆき天《そら》を向き青く澄みきり飛び下り消えよ

空高き頂にのぼりひとすじにとびおり消えよものうきいのち

桐の葉の落ちししじまに鳴きいづる日ぐらしぜみはかなしかりけり

――八・一〇

葉がくれに秋雲わたる山の小屋にいねておもへり遠きひとびと

しづやかに赤子守《も》るごと山小屋にわれを抱《いだ》きてひとりいねつゝ

——八・二〇

山峡《やまかひ》のいでゆのやどにひとり来て谷のながれにひと夜こもれり

わが除《よ》くる小みちの草の露むらにべにの小ガニのとまどふかなし

宵されば河鹿なくとふ谷の湯にこゝろしづめつこの夜生きなむ

——八・二五

不治のやまひいたはるごとくわがこゝろ谷のいで湯にひと日ねぎらふ

障子あけて出湯の月に寝入るときいのちこのまゝ消えねとおもふ

わが求むしあはせよこよたまゆらにそをのみおろし死にゆかむものを

こゝろすましひとり出湯に歌書くときかなしけれども安らふこゝろ

——九・一二

（おもはざる心のうごきに）

底ひふかく秘めたるものをゆくりなく逢ひにしみればふるはむとすも

十六のをとめのはるにすてやりし恋ごゝろなりよそながら逢はむ

生きゆかむわれのいのちにたゞひとつうるはしくあれをさなきこひは

わかき日のかなしみ事よいつの日かおもひかへりて静やかにならむ

谷の湯の夜のひとり居をいとほしむわが若き日を笑まひて送《や》らめ

過ぎいゆくもの、ひそかげうち守り野花つみつ、残してゆかむ

——九・二九

ひそかなるかなしみ事のかず〴〵を詠みすてやりつゆくやわが春

かなしみの小《を》屑を集め夕湖《ゆううみ》べ遠々そらに絶ゆなく焚かむ

それとなく別るゝさだめそのきみは夢のおぼろの遠々ききみ

ほのかなる想ひ語らず野の花を摘み摘みちらしひとりいゆけよ

遠き日に摘みとり捨てし初恋の芽生えのあとのかすかないたみ

穂芒の限り果てなき野の原の真中に立ちて呼ばやと思ふ

——一〇・二二

夜に入りて降りゐる雨は地の果に落ちしむごとしうそうそと冷ゆ

遂にわが云はなくあれどひがんばな燃え出づころはいたむ想ひを

ときにふと心すませばわが燃ゆる若きほのほの音すも尽きづ

——一〇・四

人の世になすべきことを為さずあれど覚むなく寝よとひそかにねがふ

ゆくりなく我が落ちいゆけさむるなきねむりの籠にゆられ今にも

わが夢は六つのうなゐのつばき舟ねむりて星の国をめぐれよ

形なすみのりの種のなき花のこぼるゝごとしわが春の日は

不知火に故はなけれど不知火に向ひて立てば涙こぼるゝ

吾が知らぬ吾ほかにありあらぬ方を見をればそれに刺さるゝおもひ

——一〇・二〇

ものにふるゝ心荒びてゆく日々に幼き恋はうつくしかりけり

るり色のかすみの中に笑みませよわがひれ伏して泣かむそのきみに

そのきみはにじの彼方の夢殿に限りもあらずうるはしききみ

あゝ夢や夢のその中にねむりたる我を連れ去りそのまゝ消えよ

——昭二二・一・二六

ゆくりなく湧き出でにけるかなしみに息をとゞめてたゝずみにけり

ガスの灯に伏して夜更けをはるばるに思ひ沈めりみぞれやまなく

「なげくなかれなれがねがひのしあはせのひとつをいへよ」「わがそを知らず」

――一・三〇

ゆのつるの山々波ゆはつるなきこの悲しみの流れはひくる

かへるなきはたての旅にひそやけく出でむものかも星うつくしき夜

いたみある真中の胸よ音するや枯れ立ち桐によりてそを聞く

とがりたるほそき怒りの常にありて死に果てよとぞ吾にさゝやく

いづくともや遠地《おんち》のそらに夢ごころ抜けいであそぶうすぐも月夜

——一・二九

かりそめに胸痛みいえてゆきし日を失せものゝごとなつかしみゐる

細くなへて安けし永眠《ねむ》る人の忌むやまひをわれやねがひてゐしか

とく死ねよ残りわづかのうるはしきわれをひそかに捧げむものを

一瞬に消えゆくいのち残るもの宇宙の何に値ひするかや

真実と虚偽とほこりと絶望のさすらひ雲のあひの子われは

わが死なば谷間野山の名なしぐさあつめつくして棺《ひつぎ》を埋めよ

――二・五

つぐみつゝわれをおもふとき聞えくるさゞなみのおとはかなしきろかも

ふるさとのこの不知火のうちよする波にかたらむおもひなりけり

——二・一〇

うら〳〵とうすむらさきの陽の光はるめく頃はひとのこひしき

たゝずみてはるの陽にひくわが影をみつめてあればなみだこぼるゝ

はるはしもうれしきものと誰《た》がいひしはるはかなしとはるごとにおもふ

にじのくにのにじいろやまの野の原につぶりてゆかばきみ笑み在《ま》すか（扇面）

——三・一

あめつちにいらふものなし宵もやの野道に立ちて星を仰げど

とこしえにとゞくことなきにじのはしにあるべくもなきいのちつなぎけり

高千穂にわきいでにけるかなしみのおとは真澄みてひゞきたえぬも

もゝいろの蓮華の中につぶり座し夢間にこの世をはるすべなきか

ひらかざるもゝのつぼみを殊更にいとほしみをりかなしきはるは

高千穂の峯にこもりてにほひくるかなしみのおとひそかなるおと

――三・二〇

婚約とゝのへるわれとかや

何にしかひかるゝものぞすぎいゆくものゝうすかげに移ろふこゝろ

逝く青春《はる》はわれにあらねど思ひ出の抜ぎすてごろもわが胸にもゆ

かばかりの悲しきほこりなぐさめる切なきいたみをうるはしといふや

われはもよ不知火をとめこの浜に不知火玉と消《け》つまたもえつ

——三・二三

やよひなるこゞもり空の夜の星に歌ふすべもあらずわれをいたみぬ

ことさらにこれの花などなぜつむやこぼしすてけりむらさきすみれ

――三・三〇

結婚式

もの丶かげわれにそむきてことごとくうすれうせけり逝くはるの夜に（扇面）

たまきはるいのちのきはみうつくしきわが白玉を投げてかへらず

何とてやわが泣くまじき泣けばとて尽くることなきこのかなしみを

なべてのひとの耐えてあゆみし道ならむわれもしづけくゆくべしとかや

道子道子いまはきわまるこの道子われを何びとにやらむとするぞ

——四・一

「錬成所日記」から

これは石牟礼道子十八歳の時の日誌である。彼女は当時葦北郡田浦小学校に代用教員として勤務しており、同郡佐敷町にて開催された「教員錬成」に参加することになった。本人の回顧によると「日記」は錬成所長に提出して閲覧を受けねばならなかったので、本心からかなり遠いものになっているというが、時代の証言としても、また彼女の成長史の一齣としても、それなりの価値をもつことは明らかである。（渡辺京二）

本書では、その日記の中から短歌十七首を収録した。

御魂はや、このうつしよを去りますか
主《ぬし》なき便り幾度書きし

むなしくも吾がまごころの便りぞも
いずこぞ！　果てし主を尋ねて

ともすれば涙ぐまんとする心
友にはなれて馬を撫でおり

友の群に　そむけし顔を近々と
馬に寄せつゝ、撫でつゝ、泣かじ

——昭和二十年六月二十六日

おきし手にふと心づき箸《はし》を取る沖縄おもふ朝の飯時《いいどき》

——六月二十七日

今ははや形見となりし箸箱の花を撫でつゝ泣かじとおもふ

遺されし箸箱撫でつゆくりなく赤き小花の浮きて流るゝ

日の本の唯をみなたれと云ひ送り沖縄島に果てし兄かも

私の悲しさ云はじ同胞《はらから》の恨《うらみ》を継ぎていざ起ち撃たむ

――六月二十八日

梅雨明けの山波わたる夏雲のかげを待つ田に馬を撫でつゝ

とこしえの恨を継ぎてた丶かひの田に手綱引く魂見給ひそ

——六月二十九日

何がなしに駈け出したくなりにけり小さき我が家の灯《ともし》見たれば

——七月二日

醜草《しょうぐさ》は幾度《いくたび》雪に消えゆくもやがて野に満つ春の光は

——七月三日

殊更に言あげはせず楽しきと沖縄よりの便り絶えにし

再びはあとに続かじ沖縄の便りを見つゝさみだれ暮るゝ

梅雨雲の切間《きれま》惜しみて出でて来《き》し光る星あり南に祈る

——七月四日

人多き人の中にも人ぞなき　人ぞなぜ人　人ぞなれ人

――七月二十六日

「徳永康起先生へ――石牟礼道子の若き日の便り」から（昭和二十一年）

徳永康起氏は、石牟礼道子の代用教員としての錬成所時代の恩師である。代用教員になってからも手紙で悩みを相談するなどしていた石牟礼道子からの手紙は、徳永氏が綴じて保管していたようだが、二〇一三年、ご遺族から石牟礼道子宛に送られてきた。

本書では、その中から短歌三十一首を収録した。

（父・母のひとみを見たりければ）
自殺未遂われをまもりてよもすがら明かしてひとみ言《こと》ふりもせず

――昭和二十一年一月七日

静かなる吾にかへれと山にゐて海にむかひて目をつぶりゐる

こゝにして空のひろさを思ひゐる有明海と島と帆とわれ

波あらき大洋《おおわだ》の中にたゞよひて人を呼ぶにも似たる此の頃

闇の海のいのちなぞ　いさり火はたゞひとつ波のまにまに消えかぬるかも

逝き来し日　相変りつゝ逢ふひとやおどろき語る人よ出で来よ

乏しらの心にたへぬ冬一と日　針を休めて明日をしおもふ

我が此の身　有らむ限りは餓鬼のごと心ひそみて出で迷ふとや

時たまに金欲しきなぞおもひをり名のみ知りおく本などありて

乏しき日いと早く逝き夕されば教児《こ》らの声のみ胸に残りぬ

ひとりわれのあはれ心を沁ませつゝ乙女にかへり　さびしかりけり

まことなるわれにかへれば乙女なれ捨てがたき夢ありこそもせめ

すめらぎの大き恵に我ありてこゝに細々いのちすがりつ

すめらぎにかへしまつらむ命守り終戦の日を念ひ　かへりつ

今にして大御心をかしこめばいやまさりゆくみ国ごゝろの

ことわりに出でぬこゝろのあつき血の流るゝきわみ　すめらぎゐます

真なる理とや云ふ　人のこゝろあつきものあれば追ひても行くか

かなしげの父母のひとみ沁みれどもなほも黙してさからふ子われ

夕されば　背中をおほふ　悔ごろもかく暮し来ぬ昨日も今日も

居残りの子らとしありて遠き日の幼き吾を語りて暮れし

御言葉をたゞにきゝつつこの朝けひさぐ〳〵の逢ひ過ぎにけるかも

◎タデ子

新藷の湯気立つ見れば見るごとに胸にみちくるみなしをとめご

ゆで干しの藷をぬすみて食みし子よ藷秋《いもあき》の今をいづこに居らむ

いちはやく追はれるごとく物食ふ癖　腸のいたみのいえぬ子かなし

夢みてのみ笑ふ笑ひを忘れし子うらみも知らずねむる姿よ

泣くことも笑ひも忘れぬすみ食ふタデ子はあはれ戦災の孤児

父も母も家もなしとふ　ふるさとにかへるといふ日一度笑みし子

父母は其のふるさとになしといへ人の子あはれかへるといふか

とゞかざる　大き悲しき力ゆへにひかれてわれを離れし夕デ子

ビスケット餓えのなけなしの糧それををさな児にやると己ははまねど
餓えし己ははまねど小さきものへといふタデコの骨はいたくとがりぬ

初期短歌（昭和二十七年～昭和四十年）

ここには、昭和四十年までの作品のうち、『歌集　海と空のあいだに』、未完歌集『虹のくに』、「錬成所日記」、「徳永康起先生へ――石牟礼道子の若き日の便り」に入っていない短歌を収めた。

昭和二十七年〜昭和三十五年

男沢狂太の歌載りをらねば一沫のさびしさ持ちて新聞をたたむ

――昭和二十七年十一月十一日

追憶と云ふは静かにありぬべし倚りてひそかなる樹齢をおもふ

真向ひより流れくる永き夜ありぬ肩を越ゆるときに冷えし音色を持つ

——十一月三十日

さらさらと背中で髪が音をたてますああこんな時女の言葉を聴いて下さい

——十二月五日

ひとのいふ事に容易にうなづかぬ年齢よ虚構も時に生きる術となる

——十二月七日

乾き初めしシーツのゆるく間を縫いて秋のあげ羽が舞ひ下り来る

舞ひ下りてふはりと羽をとざしたる秋の揚羽は静かなるもの

——十二月二十八日

うすれゆく逆光の中にコスモスが揺れをりひとくきの放心よりかへる

——昭和二十八年一月六日

谿間深き木の間がくりのせせらぎは落葉の声を聴く如くにて

熊笹のしげり冷たき帰りみちキジバトのこゑ時にするどし

——一月八日

中腰にて用足し終えて白猫が土はかけつゝ我をうかがふ

——一月十七日

ゆで上げて冷き水にひたしたればいよよ清しき大根葉の青

点取り虫のエゴイストの児が二三人いて夫の悩みはこの児らにかゝる

——一月二十五日

菜畑より首めぐらせし犬ころに見送られゐる今日の関り

谿間よりのぼる煙は輪郭を崩しつつ次の島山に這ふ

——三月一日

とろとろと身をゆだねゆく湯槽にて静かに夜が流れ入る窓

洗はれしタイルを踏みて立つ時にたしかめらるる女身の意識

——五月三十一日

煙草匂ふ夫の胸にゐて支へむとせしかかる孤独に今宵も慣れず

――六月

帰り遅き夫に嫉妬などもしてしをらしき妻になりてゆくなり

――九月

身じろげば闇となるべし吾を回り螺旋の青は今まばたけり

変調の楽章はまだ鳴りひびきふと予感するわれの終焉

――昭和二十九年三月

踏みしめし足があまりに軽い故振り仰ぐ青い光芒の中

青い灯が灼けば片方の背が軽くまたすこしうなじを傾けて佇つ

背くべき神などもなく青色の液呑めば胸が傾きやまぬ

——七〜八月

注がるる一群の眼が輝けば今日の懺悔は更に美し

——昭和三十一年一月

風のなかの芯うちつけに移りゆき裸木の列昏くともれり

——九月

あっけらかんの舗道《みち》かわくときいれかわる白髪なびく老婆とわれと

——昭和三十四年

海の面とむきあう乳房炎天にひきあげられしベッドに乾く

わがうちにすみ入りて深しなまぐさき死よ快楽のごときかなしみ

傷みなき風土というをきかさればわが海もめくれてこんか工場廃水

あおむけの海のあばらを脱けて来し毒魚らゆっくりと渚によれり

——昭和三十五年

昭和二十七年〜昭和四十年

われの中の餘白しきりに照らさむとしつゝ海に没りゆく稲妻

わがもてる輪郭たちまち映らしつつ逃さぬこの海の夜光虫も

密度うしなひゆくわれなれば蝟集してくるよ、そくそくと砂のしろき影
きらめいて飛翔するひとつの確証よ崖の下に霧が沈んでいく
ふるえている脚を流れに漬けている駆使することができるのはわたしのからだだけ

さらさらと背中で髪が音を立てるあゝこんな時女の言葉を聴いて下さい

ひとかけりももう一度体をひねって翔けてみよう原始に咲いた花をさがしに

どこへなりともお連れになって下さいあの月がオレンジにくづれているから

救ひなど限界内で云う言葉躰を駆使すれば束の間の呆心はある

あなたこれをごらん下さい青い光りがゆらいで行く私の掌から

ひとの言葉などなんでうなづくものか虚構と云うとりこにとりつかれている今

ちっぽけな祭壇に供へられ火を焚かれわたしの言葉は紙魚《しみ》に食われる

狂った時計の針を静かに戻しましょう真新しい朝の光の中で

ゆらめいて放たれゆくひとつの想念が真夏の昼は静かな白い花となる

向こうより来る自転車の青年がやさしげに吾を視てゆけば振り返る

あわてて胸に掌をやったがその時は通り抜けた風が脳天までひびいた

知らない間に作らされていた契約書つきつけられれば自信がないからうなづいてしまう

汽車の音が轟音となりてきしむとき自虐は青き火を散らすなり

ずぼんの折さらりとつけて中年男が這入る泌尿科

われにきこえし息くるしげにながれければおそれを持ちて微かに身じろぐ

乾き初めしシーツが揺れる間を抜いて秋のあげ羽が舞い降り止る

うすれゆく逆光の中にこすもすが揺れおりひとときの放心よりかえる

さまよいて持ち来し期待くずれつつ椅りゆけば樹がひとつ葉を放ちたり

疑えぬ期待が青く冴えて来る思いを湧かしある夜は歩めり

歩みとどめ見やる茶房に女ひとり肩をくずしてたばこをふかす

哀愁は止まることなし夜の街を歩めば信ぜられるほのかな奇蹟

いらいらと手折ればついと弧を描きしばらく揺れる萱草の穂が

くらがりに寄り合う仔猫に声かけてしばらくうづくまる夜の彷徨

暗がりになき寄りて来る仔猫二匹さびしがりている吾はかがめり

くづれ去る刹那の如きを保ちおりわが前にかぎりなき交錯があり

のっぺらの白き男がひとところ見呆けていしはわが眸にあらず

もの云わぬ白き男に掌を持たせ静かな昼を視てきたりけり

下降線をえがく炎が消えるときわが吐く息は燐となりゆく

犬の如く追わるるよりもむしろよし通り一ぺんのなぐさめごとでも

味気なき慰めを云う君ならぬおとなしくうなずき聴いてゆくなり

しらじらと話題継ぐべき術はなさず黙しつつゆく闇の安けさ

大根の葉かげに溜る陽があれば犬の仔がまろび出て首をかしげる

菜畑より首をめぐらす犬ころに見送られている今日の関わり

谿襞よりのぼる煙は輪郭をくずしつつ次の島山に這う

船跡のひとすじは天草へ弧を曳きてそのあたりより薄れ没る茜

朝の陽に向きて歩めば黄ばみたる草がぬくもりし露をこぼせり

川面にかがよい渡る霧の中やさしくなりてせきれいが飛ぶ

中腰にて用足し終えし白猫が土はかけつつ我をうかがう

寝入りつつ髪を寄せくる子の匂ひたしかめらるる命とおもう

膝に痛く受け止めがたき子の重み母情は遂に脆くあるもの

いささかの酒に酔いつつわが夫《つま》にもの云いつくる「今度はお水もって来て」

檻の中に飼わるるものの習性が独りにされればさびしがりつつ

なみなみとさかづきを受くるしぐさもおぼえこの雰囲気もわれを支ゆる

傾いてゆき尽くときのタブーなどたちて炭火の青に掌をよす

加速度にいのち傾く昼の空びろうどの黒き布地を裁つなり

道生ちゃん火をおこそうよ黄粉餅つくろうよかたかたと風の鳴る昼

抱《いだ》かれし肩にいたみの残れるをいとおしみおり夢はさめつつ

憎々とうつつの朝に起されし離れゆくものは夢のみならず

聴き慣れぬ単音がかたかたと鳴りはじむ古い夢幻がくづれゆくとき

掌に鉄筋の厚み冷たくて夜の橋にひとり置かれていたり

祈りさえ失いている胸により吾子がささやく星座のロマンを

この道より振り返ってはならぬとおもうとき背にとり縋り来たるさびしさ

酒臭く漂わせて安からぬ寝顔せり汝も受難に墜ちたるひとり

傷痕の記憶がひとつ増えし夕息吐くときに空さえ遠く

またたけどまたたけど焦点が崩れゆき轟音の如き夜に置かれつ

納得のゆかぬ雑言を浴びていて畳をひとところ何べんも拭く

あざむかるる時ぶざまになりゆきて呑みかけの茶を仰向いて呑む

憎念の如きが去ればよりどなく掌よりレタスを落とす夜の床《ゆか》

果汁などをつけばやさしくなじみゆく指はいたわりリンゴをむけり

皿の上にしばらく堆む呆心よリンゴの皮を細く細くたらす

浮き浮きと脚交すさま見とがめてこの瞳がしばし我を支配す

面あげ月仰ぐさえなおもなおも見られたき姿態になりゆくばかり

誰もみぬ時のしぐさというを持ちふと羞らいて窓しめに立つ

肩先よりこぼれ落ちゆく恋情よ振り向けば霧の奥の繊月

腕の子がおびえて泣けば叱りつけ曳きずり歩む酔深き足

おびえ泣く赤子をなおも抱《いだ》きしめよろめき座る酒乱の果てに

酔い痴れておめく腕の中みどり子がおびえし貌のままねむりつつ

おとなしく無心さるれば肉親のつながりは痛むわれも貧しく

食いつぶしなどと云われて育ちたりけわしき眼《まみ》を我も隠せる

親おもひになり病みおれば襤褸《ぼろ》の下にかくせる米を父が出し呉るる

襤褸の下にかくせる米をうれしげに出し呉るる老父よ枕辺に来て

陽のひかりとどかぬ谷の霧の中うめられいしは我の化身か

霧の中に陽が射すときは逸はやく焚かるる翅肢をひそかに具《も》てり

霧の中に焚かれていさぎよきわが翅《つばさ》如何ほどの罪を備えたらむ

躰中の血はヴィーナスに奪われて夜な夜な樹液を盗んでまわる

魂を奪いし覚えはないと云うに地の下に来ておとこは去らぬ

木蓮の枝に指跡を遺しおきひらひらとかの地には降つべき

樹々の枝が招べども限りなく遠ざかる野の暮れをいたむ爪先に踏む

おとなしくあざむかれては夜の床《ゆか》の白き器にもゆる憎念

片側はわれにいかりし海なればのぞくまいとしてよろめけり

うろこの様な眼がうようよとたかる辻今日の変身は少しけがれぬ

うみを渡り来る霧ひとところ崩れゆきとまどう時にとられたり掌を

体温を帯びて吐く息のどに触れ最早慕情は遠きところに

陽のひかり浴びればあえぐ我にして魚身のなれの果てかもしれず

地に這いて汚れ下肢を洗うとき海水がしむ魚身ならねば

肩に注ぐ落ち葉が夕闇に沈むとき何に招ばれてゆく足どりぞ

なつかしくなり夫の顔みつめいてことば通じぬとき永くして

ふてぶてとグラスのかげより笑む男喘ぎいる我を視てしまいたる

かぎりなく歩道をよぎる影の中傾いたわれの胸がすべりこむ

うるみたる眸を遥かに放つ子によびかけて我は何かつぶやく

狼狽にゆがむ貌など見たるより風の中に聴き耳失えり

見抜かれているのも何かたのしくてさらさらとまた視線を外らす

首かしげ見上げておりし仔猫つと抱き上げ我はまだ哭き止まぬ

聴覚も途切れつつゆく車窓《まど》の下上球磨川の静かな奔流

閉されぬ視界の前に軽々と吹き落されし黄の蝶の破翅

ぴしぴしと鞭うたれいるまなぶたよ永き冬眠《ねむり》の季節《とき》より続く

振りかえりたるまみ今は閉されて霧冷えて這う草生の昏れに

黄の蝶をいくつもとばし終えんとしておりぬ肩まで青きたそがれのぼる

胸の中に核のようなもの晶《す》きとおりきりきりと細き帯しまりゆく

われの足すくいたる青き黄昏に捉えられてゐて起き上がられぬ

体温を吐く息のどにかかりいてふと鮮烈な慕情が招べり

言葉など通ぜぬ永き日月に稚き慕情時々蘇《かえ》る

おびただしき言葉のひとつ捉えいてつひに快よく乱されていき

若者の言葉ざっくりと斬り込める愉楽の如き一瞬《とき》よろめきぬ

鼻の先冷えておりたる我ならむねむたき猫の仔がより来て触るる

すんなりと擦り寄る猫の稚い瞳がどうしようもない愛を示せり

あたらしき藁帽子を振り少年の土工ら豁蔭の駅をおりゆく

かがまりて木椅子にねむる老乞食寝言に乞えばわれはさめつつ（八代駅にて）

Ⅱ　昭和四十八年（一九七三）以後

歌集『海と空のあいだに』未収録短歌 2

昭和四十八年（一九七三）～平成二十七年（二〇一五）

うつつなる蒼天の闇ひらきつつわが一輪の紅《くれない》彼岸花

ひがん花まつ盛りなる夕焼けぞ葛の葉狐やつれにけるも

ひとすじの白虹夜ごとにかかるなり遠き地平に鈴虫鳴けば

――一九七三年

常世の樹たずねてゆけば栖本なる浜の磯辺に雪降る雪降る

冬山のかしづく中になまやかに光る木の名は日子山姫しゃら

——一九八一年

死にたまうおゆびをとればしずかなり陥落沼のしろき穂芒

——一九八七年十一月二十九日

火葬せし骨をうつつにみたりけりついにかえらぬ母とおもうも

——一九八八年

川崎康江さんに

山峡の霧のなかなる川の面に明けゆくみれば梅のくれない

——一九八九年三月四日

いまたしか身を反らしたる古樹《こじゅ》の影闇の高みに花のらんまん

形なきものらゆき交う花の下闇の中なるわれもひとりぞ

――一九八九年四月二日

いづく世のたそがれ頃を咲くならむゆく方くらき山の花かな

――一九八九年四月

幾百と埋めし言葉の墓とおもうわがうつし身のさびしきかなや

水の音地の心音《しんおん》のごとき中　土手におぼろに夜桜散るも

薄墨のにじむがごとき夕べくるただほの白きさくらの梢

――一九八九年

わが生きし耻《はじ》のひと世とおもふなり花の奥なる谷ぞ恋しき

今の世に似て次の世もあるならむ生まれ替るというもせんなし

尾根伝う風の彼方をききてをり前の世めきて人も遠しよ

柔らかき風衿元に入りくればともりてあかあかとひがん花咲く

歳月の目盛りのごときひと日あり子を負いて山峡の駅に降りしよ

万象《ばんしょう》の影絵のごとき生活《たつき》なり立ちて仰ぎしはたての茜

祖母モカの命日を思いて

流星のごとき意識ありわがまわりひとの絆も曳きつつ流る

――一九九〇年五月

夢の中でおらびつつ醒むわが性の暗たんとしてくらき暁け方

――一九九二年一月八日

かがみいて銀杏の落葉ひろうなり空のはたてへ白き鳥ゆく

――一九九八年

裸木

『春の城』終らんとして原城を訪れてより、にわかに歌兆す

裸木の樹林宵闇にしばし映ゆ赤き小径をゆくは誰ぞも

裸木の銀杏竪琴のごとくしてあかつきの天人語もまじる

冬月の下凍りゆくあかときぞ裸木の梢わが魂のぼる

空のはたてにゆきてしずもる銀杏かな地上近くにのこる夕映え

生きている化石の樹ぞと思ひつつ千年の夢われに宿れる

くるめきて散る金色の葉に打たれわが血の中の遠き生死も

昏れなずむ空の銀杏やいつの世の明りぞ残夢のごとく散るさま

夢の外に出づれど現世にあらずして木の間の月に盲しいたりけり

冬茜樟《ふゆあかねくす》の木群の重げなるにはかに顕《た》つも母の面影

かなしみを口にのぼせぬ人なりきいかばかりをぞ胸にかかえし

わが母のかなしみうつつに胸にくる冬の茜の消えなむとして

遠き世の悲しみうつつになりくるを抱きて母の笑まいありしよ

人の影並びてありぬ冬木立ち囲める中に新月のぼる

昏れ残る茜の空を区切りつつ樟の梢のまろやかなりし

真向かいて爪先さぐり歩みおり茜の空にほそき道見ゆ

苦虫という言葉唾液のごとく来て人に馴れざる刻々を耐ゆ

前山夫妻と市房ダムが干上ったのを見に行って

湖の底よりきこゆ水子らの花つみ唄や父母恋し

水底の墓に刻める線描きの蓮や一輪残夢《ざんむ》童女《どうじょ》よ

――以上十八首、一九九八年～一九九九年

白川静先生九十歳の賀に

魚のごと遠き世の文字むれ遊び言霊の舟に師は立ちたまふ

――二〇〇〇年四月九日

天の川いまも童男童女にて川筋にそひて千代紙はためく
——二〇〇五年七月六日

おおいなるけもの来て野にねむるわれを嗅ぎしも暖くき息して

獅子か天馬か見わけがたしもたてがみのようなる空にゆらしつ

守護獣のごときがわれを嗅ぎしなり空うちはらうたてがみをみし

――二〇〇五年九月二十八日

いかならむ世にて相見し君ならむ花ふぶく中昏きその眸《まみ》

うつし世もうたかたなれば亡き君にわが吐く息のわずかに白し

――二〇一一年四月一日

花びらの吐息のごとくてのひらになでられつゆく冥土への旅

——二〇一五年四月十七日

緋むらさきのあわいの空ゆ爪出して夕べの虹をわたりたるかな

——二〇一五年

創作時期未確定の短歌

海沿ひのきりぎし丘の白い雲風が吹いてた楠のあかい芽

丘遠きくすの若芽のもえのいろくれなゐなれば涙おつるよ

丘の上のくすの赤きがかなしといふ女ホロ〳〵春をなけなけ

向きあへば仏もわれもひとりかなほのあかりして蘭の花咲く

わが生はいちづなる虫の生に似る虫のいとなみというを惟《おも》へり

Ⅲ　関連エッセイ

短歌への慕情

古いロマンだと云われました。そう、たしかに、でもそんな血を継がされていれば仕方がありません。新しいものは古いものから生まれるんです。私は私の血の色を見究めてみたい。スローな脱皮だとしたら、せめてその仕草に高速度のリズムをつけましょう。

＊

「如何なる天才と云えども、限定された内側に抱くイデェには自ら枠がありましょう」そう、でも私はその残された枠内で、まだあらゆる転身をしていないのです。新しいライトを創りましょう。徒労でしょうか。

＊

金魚にもなり損ねた赤い魚。
でもそれはそれなりに静かな命を持っている筈です。

＊

短歌は私の初恋。

常に滅び、常に蘇えるもの。

短歌はあと一枚残った私の着物。このひとえの重さを脱いで了えば私は気体になってしまうでしょう。今暫くこの薄衣につゝまれて私を育みたい。私の抱いているもの、その匂いをたどる触感だけは、持っていいます。

＊

びっこを曳いている私の足あと。

私の現身、私の文学、そのどちらかゞ、ひどく片輪なことはかなしい。


（「南風」一九五三年（昭和二十八）四月号）

詠嘆へのわかれ

すこし厳粛な気持で私はペンをとる。

南風には一年のしめくゝりに、無欠詠の星取表をつくって発表する慣例があって、あれが大きらいなので、欠詠派の方にまわり煽動これつとめる為にのみ在籍しているかのような私であってみれば、もうそろ〳〵本当は何のつもりで歌人であらねばならぬのか、身の証しも立てねばならぬとおもう。

今頃短歌結社誌をやってゆこうというほどのエネルギーの根源には、一応かつて日本文学の母胎たりえた短歌への郷愁と礼節と、更にその折目正しい懐古趣味を未来に甦すことで前衛たらしめたいという一種のロマンチシズムとが満ちているのではないかと考える。純情可憐が鉢巻をしめたようで、おかしみと悲愴さを伴い、だからこそ私は敬意を表したくなるのだが。

何月号であったろう。蒲池氏から南風の結社的生き方を解散して同人誌にしたら、という提案がなされた事があった。編集者みずからがこのような提案をするのは、よく〳〵の事であろうと思い、反応は如何にと息を呑むおもいでたのしみに待っていたけれど、ついぞその事に対する会員の発言は誌面にあらわれなかった。考えてみれば私自身発言しなかった卑怯者のひとりであった。

さて一月号に、南風教室寸感というのがある。要約すれば、この教室では先生と生徒がいるけれど、型通りの授業でなしにもっと生徒の側の自由な発言が欲しいとあった。そして「南風競わず」とか角川が年鑑にとりあげなかったのは不当だと云うことが出てくる。なんだか少しおかしいと私は思う。私自身は南風のために、角川のために『短歌研究』のために作品を書いて来たのであろうか。それはどうしても違うと今は云えそうな気がする。

私は南風の中で文学への開眼をさせられたと思っているから、そう云う意味で南風およびすべての短歌結社誌を、短歌総合誌を軽視するつもりはないけれど、だからと云って、結社誌が（地方中央にかゝわらず）無名歌人を育て、それを待ちうけて（直通の場合もある）総合誌がとりあげる歌壇（詩壇文壇も同じ意味で）ジャーナリズムのルートが当然のように通用するのがとてもうさん臭くてならないのだ。結社誌が無名歌人を育てるのが悪いという意味でなく、無名新人の何を発掘しようとするのかゞ、両方からなされない。つまり内部批判や問題意識のなさがおかしいのであり、歌壇ジャーナリズムが新人を送り出したがるのはよいとして、新人の何を送り出したいのか明確さを欠くのがはがゆい。どうも歌壇ジャーナリズムは照明まばゆい舞台をしつらえて、ショーもどきの伴奏入りで、スター登場をさせたがる演出癖があるように思えてならない。消費文化と云う代物に似ているのはなぜだろう。

無名民衆の表現が高い詩性をめざして炎え立つ時、結社誌や総合誌に要求すべきものは、民族的共感をゆり動かすための媒体としての価値と存在であると思う。金魚の何とやらの如くあるという群小結社誌が新人（幹部、中堅、大家でも）と名のつく私有財産を所有したがるのは封建制度の厳存する日本だからであろうか。創造とはちゃちな所有感覚ではなく、飽くなき崩壊の中でのみさわやかな認識の眼でありたいのに。

南風を教室にたとえるのは、だからすこしおかしい。南風が競うというのが、全員無欠詠をという形でなしに、生徒が先生にむかって優等生のように発言するんでなしに、文学にたずさわるもの同士の責任でもって、さらにこまかく云えば生きている者同士の責任の所在する場所からの発言が、氾れおつる要求としてなされるようにならねば、教室を出て、生きて途方もなく重く深い人間の中に場所を移さねば、結社誌はマーケットの陳列棚のようにちんまりしてしまいはせぬかと憂えられてならない。人間の側に、人間の側に立ちたいのだと私は希う。

短歌そのものについて、私にとってにが〳〵しくもいとおしいのは、ともすればえたいの知れない詠嘆性だ。これは、でもこわい。短歌は結局、詠嘆にはじまり詠嘆に帰結するのではないかしらと云うしごく当り前のことに対する疑問、詩人の民族的権威をもって謳われた詠嘆の時代はもう過ぎ去ったのか。そういうものがすりかえられて生れる近代ナルシズム。こゝ二年ばかり、私の主題はこのナルシズムを出ようとして逆流する。

暗黒を、苦悶を、崩壊を好みで突きぬけるつもりはないけれど、自らを追い立てねばならぬ必然があって、私は日本の底辺に到着した。自分の足で立っているこの土壌が何で成立しているかを、まだ完全には知ったと云えないけれど、みた、とは云えそうだ。その地帯から私は短歌にむかって手をのべ背のびし、欲しがった。架空の小市民的団欒、それをもって芸術的であると思い込んでいた理科教室の標本箱の雲母のようにうすい幻想。永久に生活に根づくことのないサロンへの憧憬。そのような中間性から生れるかぎり短歌はついに文芸でしかあり得ない。私だけではなかった。右も左も、療養作家の悲痛な作品すら、個人の美しき終焉としてかざられ、人間たちの深部をえぐらぬのはなぜだろう。私のひらきっ放しの胸の傷口に熱い衝撃となってこないのはなぜだろう。傷をもってしまったと云うことは恥ずかしいことなのであろうか。実際私は悪いことをしているようにはずかしがっている。そのなかで、幻想をすてよ幻想をすてよ、もっともっと底にうごめく階級のメタンガス地帯を直視せよと云い聞かす。すべての色彩が失せ、突然愛と云う言葉が開花する。むかしから愛は私の主題であったと想い出す。むかし……とは。

ひとりの愛、ひとくみの愛がみんなの暮しに密着していたであろう太古のことをなぜ私は、むかしはそうであったと想い出すのであろう。私の中の女が、母が、怒りのためにそれを知ってしまったのだ、と云い聞かす。伝統の中に自己惑溺していて原始性を喪失してゆく現代短歌をくゞり抜け、辛うじて愛とは何だろうかという。たゝかいの歴史が感じとられ、たゝかいの予感がせまる地点に立つ。その地点を歩みながら、重い詠嘆をこれでもかこれでもかと切りすてる、そうすることでしか再び短歌を、あののびやかなきびしい詩性をみいだすことが出来ぬから。おのれの中の人間としての責任、無名の(有名とはなんとおろかしい形容詞だろう)民衆のひとりとしての責任の上に成立たない文化人意識をはげしく処刑しながら、ときれ〳〵に靴下を売りクリームを売って歩く。コーラスを、話合いを、文学を、それらのサークルをやる。同じ民衆に遭いたいから。みず〳〵しい女たち、男たちに遭いたいから。遭えなければそれにかなう新しい人間像を自分で創りたいから、そう云う人間たちと一緒にまだ書かれたことのない共和国の地図を描きたいと希う。そして今、そのような姿勢からふたゝびあの苦手な〈歌人族〉にまみえたい。

(『南風』一九五九年三月号)

［解説］石牟礼道子と短歌

前山光則

短歌は「初恋」

石牟礼道子は『苦海浄土』『椿の海の記』『天湖』『春の城』等々、たくさんのすぐれた作品を書きのこした。長い作品もあれば短編も書いたし、味わい深いエッセイの類も非常に多い。さらに詩を書き、俳句・短歌も詠んだ。能の台本もある。石牟礼道子の作家活動は多面的だった、と言って良い。

さて、その文学的出発点に何があったかと考えると、短歌は無視できない。

短歌は私の初恋。
常に滅び、常に蘇えるもの。
短歌はあと一枚残った私の着物。このひとえの重さを脱いで了えば私は気体になってしまうでしょう。今暫くこの薄衣につゝまれて私を育みたい。私の抱いているもの、その匂いをたどる触感だけは、持っています。

「南風」一九五三年（昭和二十八）四月号に発表した石牟礼の「短歌への慕情」の中に、右のような思いが表明されている。「短歌は私の初恋」、これは本人にとって短歌が何であったかが窺える象徴的な一言だ。自分を表現するための、最適の表現手段であったのだ。「短歌はあと一枚残った私の着物」とも言っており、短歌は自分の拠《よ》り所として相当熱く意識されていたようである。

では、石牟礼はいつ頃から歌を詠むようになったのかといえば、十六、七歳の頃だそうである。それで『歌集 海と空のあいだに』(葦書房)を見てみると、巻頭に「友が憶えゐてくれし十七のころの歌」との詞書きの付された作品がある。

ひとりごと数なき紙にいひあまりまたとじるらむ白き手帖を

この十七歳の時の歌は、すでに充分に修辞の整った作品である。「ひとりごと」をひたむきに手帖に書いていた若き日の作者の姿が彷彿とされる、切実さの溢れた一首だ。当時、胸に湧いてくるものがいっぱいある、身の回りに不幸なあれやこれやがあって、このままでは胸が張り裂けそうだ。言葉、それもとりわけ五・七・五・七・七のかたちで表現しなくては身が持たなかったのであったろう。

二十歳前後の頃の作に、次のようなものがある。

この秋にいよよ死ぬべしと思ふとき十九の命いとしくてならぬ
おどおどと物いはぬ人達が目を離さぬ自殺未遂のわたしを囲んで
死なざりし悔が黄色き嘔吐となり寒々と冬の山に醒めたり
まなぶたに昼の風吹き不知火《しらぬひ》の海とほくきて生きてをりたり

見てのとおり、自殺未遂のことが詠み込まれている。実際、米本浩二著『評伝 石牟礼道子 渚に立つひと』（新潮社）によると、石牟礼道子は代用教員をしていた頃の一九四六年（昭和二十一）一月七日に亜砒酸を飲んで自殺未遂をしでかしている。これは二度、三度と続き、三度目は石牟礼弘と結婚してまだ四ヶ月しか経っていない一九四七年（昭和二十二）七月二十日、鹿児島県の霧島の山中で自殺未遂、といったふうである。こうした自殺願望は、何に起因していたろうか。家庭環境とか、あの時代特有の空気もあろう、しかし本人の感受性そのものが最も強く関係していたのではなかろうか。ものを感じすぎて、この世の在りようとどうしてもなじめない、生きていること自体がつらくなる。だから、いつも死が意識されていたかと思われる。

石牟礼は、一九五一年（昭和二十六）二十四歳頃からは雑誌「令女界」歌壇に、さらに翌一九五二年から毎日新聞の熊本版短歌欄に作品を投稿するようになる。すると毎日新聞短歌欄の選者・蒲池正紀《かまちまさのり》から自分たちの創刊する雑誌「南風」に入るよう勧められた。それで、同年十月創刊の「南風」に入会する。その際の蒲池の勧誘のしかただが、『歌集 海と空のあいだに』のあとがき「あらあら覚え」によれば、「あなたの歌には、猛獣のようなものがひそんでいるから、これをうまくとりおさえて、檻に入れるがよい」、こんな言い方だったそうだ。これは石牟礼の歌に自殺願望と結びついてゆく色んなものがあった、その総体を比喩しての「猛獣」であったかも知れない。蒲池は、石牟礼の背負っている荷物がとてつもない大きさ濃さであると見抜いていたのである。

この世との根底的な違和感

石牟礼道子は、自らの境遇や身辺雑事を題材にして結構な数の歌を詠んでいる。ちょっと眺め渡してみると、

日の本の唯をみなたれと云ひ送り沖縄島に果てし兄かも

石牟礼は五人兄弟で、自身が最年長であり、弟が三人、妹が一人いた。だが、父・亀太郎に離婚歴があった。前妻との間に生まれた男子が、右の歌の「兄」である。第二次大戦中に突然水俣に現れ、一年余り一緒に過ごした後、出征し、沖縄で戦死する。悲運に散った兄への、これは心からなる追悼歌である。

泣くことも笑ひも忘れぬすみ食ふタデ子はあはれ戦災の孤児

石牟礼の初期の文章「タデ子の記」（一九四六年執筆）に出てくる、戦災孤児である。石牟礼は戦中から戦後間もなくの時期に尋常小学校の代用教員をしている。まだ十代のうら若き身で、小学校で教えたわけである。そして、一九四六年（昭和二十一）三月二十八日、田浦《たのうら》小学校への通勤のさなか、汽車の中でこのタデ子と出会う。関西の大阪から、加古川にいるというお姉さんを頼ろうとして汽車に乗り込んだものの、訳が分からなくなってとうとう九州まで来てしまった、という女の子。汽車の車掌さんもお手上げの状態だったそうで、石牟礼はそれが不憫でならず、わが家へ連れて帰ってしばらく世話して

やる。水俣地方では、人が困っている時にそれを心配し、悶え苦しんでくれる人のことを「悶え神」と呼ぶ。石牟礼は、その「悶え神」に他ならない。人の不幸がわがことのように思われてならず、見捨てておけなかったのであった。タデ子を詠んだ歌は結構あって、いかに煩悩熱く接していたかが窺える。

うつむけば涙たちまちあふれきぬ夜中の橋の潮満つる音
なべてのひとの耐えてあゆみし道ならむわれもしづけくゆくべしとかや
道子道子いまはきはまるこの道子われを何びとにやらむとするぞ

一九四七年（昭和二二）、二十歳になって学校を退職し、三月には石牟礼弘と結婚する。それまで姓は「吉田」、すなわち吉田道子だったが、結婚して「石牟礼道子」となったのである。新郎は教員であった。一緒になれて嬉しかったであろうと、普通ならば思う。だが、結婚に際しての作はこのようにどれも悲しそうである。

しかし、こんな悲しい想いを短歌に詠み込むし、自殺未遂もしでかしながら、それでも昭和二十三年十月に長男・道生が誕生した。この道生を詠った作品が結構たくさんある。

かたはらにやはらかきやはらかきものありて視れば小さき息をつきゐる
リンリンとキャンデー売りが走つてく来年の秋かつてあげるよ
かたぶいたトロッコの上にやつとこさ道生がのぼつたオーイと手を振る
げんげ田の夕暮れ頃を泥こねてだんごつくつて吾子はかへらず

わが心知りつくすごと肯きてものいひそめし吾子が笑まふも
二人言《ふたりごと》三人言《みたりごと》をも一人ごち吾子は遊べりトロッコの上に
母さんがいちばん好きと子にいはせ暗い灯りの下に抱《いだ》きぬ

これまで見てきて分かるように、石牟礼の短歌は若い身空でありながら苦悩が大きい。昔、与謝野晶子は「やは肌のあつき血潮に触れも見でさびしからずや道を説く君」などと青春を詠った。あるいは、男で言えば若山牧水も熱かった。「けふもまたこころの鉦をうち鳴《なら》しうち鳴しつつあくがれて行く」などと、やはり若いエネルギーの全的表現を行った。自らの若さ、エネルギーというものへの全面的な自信というか、青春を謳歌する短歌は明治以降の近代・現代の短歌には多く見られたのである。しかし、石牟礼の場合、そんな高揚感には縁がなかった。痛々しいものばかりである。ただ、しかし、自分の子のことを詠んだ一連の作品はちょっと別格だ。一首一首に子どもかわいさの情がほとばしっており、活き活きして、心の和むものばかりだ。子どもはかわいくてしかたなかったのである。

夫である石牟礼弘については、どうか。

少年のごとく睡《ねむ》れる夫の顔よきみは底抜けの善人なりき

右のようなのがある。すぐそばに寝ている伴侶のことが観察されているのだが、夫は「少年のごとく」眠っている。そのような罪のない寝顔を見ていて、「きみは底抜けの善人」と言い切る。なんとも辛辣な視線である。

他にも、何首も夫のことは詠まれており、

今云へることを直ちに復唱せよと夫からかへばわれはまばたく
それより先はふれたくなきこと夫もわれも意識にありて遂に黙しつ
歌を詠む妻をめとれる夫の瞳に途惑ひ見ゆれわれやめがたし

こうした作品があって夫と作者との距離感の表現に面白みがあるが、やはり「少年のごとく……」一首が極めつけであろう。ただ、作者・石牟礼道子は真剣なのである。やはりいつも体全体に抱え込んでいるものがある。だから、夫の寝顔を見ていてもこれらの歌がふつふつと湧いてきたのに違いなかった。基本的には、この世との根底的な異和感が身のうちに在り続けたかと思われる。

玉葱の皮なんぞむき泣いてゐたそのまに失つた言葉のいくつ
夜ふかき鉄筋の橋にすがり凭《よ》るゆく先もなきわが身とおもふ
あたたかい冬の夜ふけに起き出して倖せな言葉をいっぱい書けり
ひき潮にしたたる牡蠣を吸ふまにもわが内に累々と女死にゐき
癒着せぬわが傷口にまたなにか棲めりふれあふは魚族《ぎょぞく》らのひれ

こうした作品、実に自らの内面に渦巻いている思念や感情やらがとてもたくさんで、複雑だから出てくる言葉であろう。夫やかわいい子が居ても癒されない深い孤独感、そうしたものがそれぞれの歌から伝わってくる。もっとも、五首目「癒着せぬ……」、こういうのになると石牟礼の世界は探るのが難しくなる。身のうちに言葉にならぬ混沌があって、「癒着せぬわが傷口」には何かが棲んでいる。「ふれあふは魚族《ぎょぞく》らのひれ」というのだからとても感覚的、抽象的、自分自身でも説明できかねるものだったかも知れない。

そういえば、実は石牟礼の短歌で作者の意図するところがなかなか推測できない趣きのものはちょくちょく見られる。イメージが豊かすぎて、ひょっとすると本人も持て余していたのではないだろうか。例えば一九五六年(昭三十一)十一月頃の作。

うばはれし水平線をいつしんに呼びをりわれは海の笛ふき
われを囚《とら》へてゐることごとく曳きずりてあゆまむ膝にしきりなる流砂《すな》
岩礁のさけめよりしばしば浮揚する藻のごとくなる我の変身

それから、昭和三十六年の作品もなかなか難解である。

はきだめの中の浮浪者ねがへりて赤にごりするまぼろしの河
羊歯の根の切口にほふ骨肉ははろかに唇をこぼるる地下水
わがまなこ張る冬の河さかしまに唇にふれくるうろくづの子ら

まるで抽象絵画の画面が描写されているかのような分かりにくさ。いちいちの意味を辿ろうとすると、迷路に入り込んだ気分に陥ってしまわないか。作者本人が自らの内部の複雑さに惑いつづけているのか、と察せられる。戦後のいわゆる「現代短歌」との接触の中で、影響された面があったかも知れない。それはともかくとして、生きて行く中で色々のことがあり、その色々についての自身の反応や感慨が歌に表現されている。もう少し辿ってみれば、

歌話会に行きたきばかり家事万端心がけてなほ釈然とせず
見くだしてもの云ひつけし人去れば脚そろへていねいに礼を返せり

一首目については、さっき触れたように歌誌「南風」から誘われて加わった、その頃の作であろう。歌話会に出るため家事もちゃんとし終えたから、出かけるにあたってはもう何の不都合もない。なのに「なほ釈然とせず」と詠っている。なんらかの心のひっかかりがあるのだ。二首目、これは一九五四年（昭和二九）二七歳、水俣市内のレストランに半年勤務した時の歌だ。石牟礼は一時期、行商の真似事もやっているので、やはり当時家計が苦しかった。夫の弘は教員だったが、当時の教員の給料はほんとに薄給であったのだ。

なお、この一九五四年には短歌の友だちで一番気が合っていた志賀狂太が熊本県人吉市の山中で自殺しており、次の歌がある。

醒めかけしまなぶたの上打たれゐて切なし春の笞《しもと》は匂ふ

この歌人については後であらためて言及するとして、さらに一九五九年（昭三十四）四月の作品にはいたましい歌がある。

おとうとの轢断《れきだん》死体山羊肉《やぎにく》とならびてこよなくやさし繊維質
畦道は雪となり掌にくるぬくみ母はいつくしみおらんその死も

前の年の十一月、弟・一《はじめ》が鉄道事故で死んだのである。論評するのが無理なほどに痛々しい作品だ。ほんとに辛い境地だったと思われる。しかし、抑制が利いており、冷徹なくらいに言葉が研ぎ澄まされている。

さらに、次の一首。

樺美智子をかかへつづける地の窪み集会終へて諸すこし植ゆ

石牟礼道子という人も、まさに時代のまっただ中に居たのである。安保反対闘争のさなかに死んだ、樺《かんば》美智子。東京大学の学生で、共産主義者同盟（ブント）の活動家だったが、一九六〇年（昭和三十五）六月十五日、全学連主流派が国会南通用門から中に突入し、警官隊と衝突した際に死亡した。この人の死は六十年安保の象徴として今も語り継がれている。遠い東京での事件でありながら、石牟礼には自分の問題として惻々とその死が迫ってきたのであったろう。

老婆とわれといいれかはるなり

そして、石牟礼道子の短歌作品で特に祖母のことを詠った作品は数も多いし、見逃せないものが湛えられている。

この人の名は「吉田モカ」だが、石牟礼作品には「オモカ様」という呼び方で登場する。祖父・吉田松太郎の妻であるから、石牟礼にとって祖母である。松太郎とモカが結婚したのは一八九七年（明治三十）八月三十一日、松太郎二十六歳。モカ二十二歳だったそうだ。松太郎は天草郡の下浦《しもうら》村で石屋の仕事をするが、一九一九年（大正八）一月、水俣に移っている。この松太郎が、妾を持つのである。しかも、子を二人生ませた。これはモカにとって衝撃であったはず。モカの娘ハルノつまり石牟礼道子の母であるが、このハルノが十歳のころにはすでにモカには精神的な異変が生じていた由である。無論、孫の道子が生まれた時には尋常でなくなっていた。

白き髪結はへてやれば祖母《おほはは》の狂ひやさしくなりて笑みます
狂へばかの祖母の如くに縁先よりけり落さるるならむかわれも
人間に体温があるといふことが救はれがたく手をとりあへり
ばばさまと呼べばけげんの面ざしを寄せ来たまへり雪の中より
雪の辻ふけてぼうぼうともりくる老婆とわれといれかはるなり

二首目の「狂へばかの……」には、石牟礼の体内にあるものがいみじくも予感されているわけであろう。『潮の日録　石牟礼道子初期散文』（一九七四年、葦書房）のあとがきの冒頭、この歌について、これを「ちいさな短歌同人誌」に発表したところ「同人たちはなんだかぎょっとして、批評の対象外の作品とおもったらしく沈黙した」と回想している。だが実際は、同人たちはあまりの歌の迫力に圧倒されたのに違いなかった。それほどにこの歌には「猛獣」の姿がありありだ。

こうした祖母のモカを詠った作品は、石牟礼の初期の頃の作品「愛情論初稿」に書かれていることと呼応しあっている。

ばばしゃまは雪のふる晩はとくに外に出たがり、疲れはてた母たちが寝ると、私はばばしゃまを探しに出ます。珍しくもない気狂いなので、からかう人もなくなった夜ふけにばばしゃまはふりやんだ雪の中にその夜は立っていました。夜の隅々と照応しているように、雪をかぶった髪が青白く炎立って幽かに光っていて、私はおごそかな気持ちになり、そっとその手にすがりました。長い間立っているように思いました。私はこわごわもう一ぺん、その手をぐいと引きます。しばらくしてばばしゃまは、ミッチンかいとしゃがれ声でいいます。遠い遠い風雪の中から伝わってくるようなそのしゃがれ声は、優しさのかぎりでした。ばばしゃまツメタカ。するとばばしゃまはにぎりしめていたもう片方の太い青竹を放して、ミッチンかい、ミッチンかいといいながら私の手を囲い、合間、合間にいつものように男と女は別々《べーつべつ》、男と女は別々《べーつべつ》といって、雪の上にペッと痰を吐きました。ばばしゃまの手は底熱く、その底熱いものから伝わるものが、私の背すじを貫くのでした。祖母のうたでもあったとりとめない口説は、こうです。

重かもんなうしてろ

重かもんな汚穢《きさな》かもん
汚穢《きさな》かもんなちーぎれ
役せんもんなしーね死ね
綿入れン綿もちーぎれ
男もおなごもべーつべつ

その夜を頂点に、ばばしゃまは私の中に這入り、ばばしゃまについてゆくと、そこから先はあてどなく累々とつづく妣《はは》の国でした。

これら線香茸が吐く毒気よりもはかない遺産を大事にしょって、私は大まじめに愛への出発をするのです。

この中で「その夜を頂点に、ばばしゃまは私の中に這入り、ばばしゃまについてゆくと、そこから先はあてどなく累々とつづく妣《はは》の国でした」とあるのは、まさに五首目「雪の辻ふけてぼうぼうともりくる老婆とわれといれかはるなり」、この歌と符合するのではないだろうか。ついでながら、石牟礼の初期の頃の散文「おもかさま幻想」の中には「あっけらかんの舗道《みち》かわくときいれかわる白髪なびく老婆とわれと」というのもある。同じことを詠んでいるのである。

石牟礼の『苦海浄土』を読むと、水俣病患者のことを書きながら実は聞き書きではない。患者のことでありながら、石牟礼のことばでもあり、いや両者が一体となっての語りや会話である。これは、作者・石牟礼道子が患者たちの病状や思いをわがこととして受け止め、悶え、その内面に分け入っているのである。石牟礼は、「悶え神」である。だから「老婆とわれといれかはる」、この言い方はとても重要であり、石牟礼文学の核となっていると見なして良い。石牟礼道子の詠んだ数々の秀歌は、この人の散文作品を一塊り読みこなすのと同等の重みがあるのではないか、特に祖母モカを詠んだ歌は重要だ、とここで言っておきたい。

それにしても、石牟礼道子にとって「短歌は初恋」。いったい短歌というものは石牟礼に何をもたらしてくれていたか。

歌集『海と空のあいだに』のあとがき「あらあら覚え」の中に、次のようなことが書かれている。

表現の方法もわからないまま、それなりに七五調にたどりつこうとしているのは、日常語で表現するには、日々の実質があまりに生々しかったからではないか。日記を書かず、歌の形にしていたのは、ただただ日常を脱却したいばかりだったと思われる。

右の文には定型短文芸のもたらす効能への言及がなされており、興味深いものがある。短歌という定型の文芸は、散文世界と違う小宇宙を有するのである。わたしたち現代人は、普段は話し言葉で生活し、文章も口語文体を使っている。しかし、歌を作る人は、口語を用いる人も居るには居るが、主流ではない。文語を用いる場合が一般的である。口語で言い表せない、文語ならではの独特の雰囲気、ニュアンスが醸し出されてくるのである。さらに五・七・五・七・七の定型、これは日本人にピッタリ合ったリズムを有している。日本語はいったいに音楽性に乏しいなどと言われがちだが、この五音・七音にはリズム感がある。つまり文語定型による文芸は、口語によって型にはまらずに展開する表現方法などとはまた違った別世界である。「日常を脱却したい」との願望を持つ者にとって、魅力ある表現方法になり得るはずである。普段の日常とは違った世界が、五・七・五・七・七でもって構築できるのである。

つまり、たとえ自分の実際の日常生活で生じた出来事や悩みや苦しみやらが題材にされた場合であっても、歌にして詠んでみると、現実のこととはまた違った対象化された世界がそこに表される。石牟礼が「日記を書かず、歌の形にしていたのは、ただただ日常を脱却したいばかりだったと思われる」と吐露しているのは、歌を詠めば、それが現実のことを素材にしていながらもまたそこから距離を置いたものが得られていた、自分にとって救いになっていたのではなかったろうか。こうした短歌の効能に「初恋」を自覚したのが、石牟礼道子であった。

歌との別れ

石の中に閉ぢし言葉をおもふなり「異土のかたゐ」のひとりいま死ぬ
いちまいのまなこあるゆゑうつしをりひとの死にゆくまでの惨苦を
まぼろしの花邑《はなむら》みえてあゆむなり草しづまれる来民《くたみ》廃駅

『歌集 海と空の間に』の最後を飾る一連の作品「廃駅」は、一九六二年（昭三十七）一月から一九六五年（昭和四十）四月までの間に成立したのだそうである。ちなみに「まぼろしの……」の歌は、先の「醒めかけしまなぶたの上打たれゐて切なし春の笞《しもと》は匂ふ」でその死を悼んだ志賀狂太にちなんだ作である。「志賀狂太」というのはペンネームであり、石牟礼の他の短歌作品に「男沢《おざわ》狂太」と出てくるのもこの人のことである。
志賀は、達意の、神経細やかな歌を詠む人であった。

失意中僅かに保つ誇りぞも未明の街に降るさざれ雪
はらからの罪故傘を傾《かし》げゆく夕真《ゆうべ》白き雪降る中を
逢はむというそのひとことに満ちながら来たれば海の円《まろ》き静まり

三首目「逢はむという……」は、水俣の石牟礼のところに会いに来た折りの詠だそうだ。二人は歌詠み仲間として気が合っていたのである。本名は志賀善弥といって、一九二七年（昭和二）、熊本県鹿本郡来民《くたみ》町（現在の山鹿市来民）生まれ。大人になってからは球磨郡上村《うえむら》（現在のあさぎり町上）や多良木町に住むが、一九五四年（昭和二十九）四月十一日に人吉市東間下町《ひがしあいだしもまち》の山林で服毒自殺してしまう。石牟礼は、「まぼろしの……」の歌で見ると志賀狂太の死後十年か十一年ほど経った頃にその出身地を訪れていることになる。敬愛した薄幸の歌人への、これは挽歌である。「来民廃駅」というのは、かつて熊本市北区植木の国鉄（現在、ＪＲ）植木駅前から山鹿市にかけて山鹿温泉鉄道という私鉄があった。植木の方から行くと終点が山鹿駅で、その三つ手前に「来民駅」があった。志賀狂太の生家への、最寄りの駅なのであった。
石牟礼道子が盛んに歌を詠み、発表したのは、この一連の作「廃駅」あたりまでであったようだ。これ以降は、二〇一〇年（平成十二）になって久しぶりに歌をまとめて発表するが、それ以外はない。時折り詠んではいた。だが、公に発表するようなことはしなくなったのである。「歌人」としての活動は止んだ、と見なしていい。歌との別れが生じていた。

短歌を積極的には詠まなくなるにあたっては、何があったのだろうか。

石牟礼は、一九五八年（昭和三三）、三一歳の年に谷川雁の「サークル村」に参加する。谷川雁は水俣市出身の詩人・思想家であり、当時、北九州の筑豊・中間市にいて炭鉱労働者たちの間にいた。六十年安保の時は大正炭坑の労働者たちを組織して闘った人である。石牟礼はこの谷川雁の「サークル村」に参加するので、言うならばもはや水俣市に住む単なる一主婦ではない。家庭や地域のワクを超えて活動する人となって行った、とみなして構わないのではないだろうか。ちなみに、「サークル村」参加の翌年、長男・道生に結核の初期症状が出たため水俣市立病院に入院させるのであるが、その折り「奇病」の患者専用の新病棟ができていたそうである。そうして一九六〇年（昭和三五）、「サークル村」一月号に「奇病」を発表する。これは後の『苦海浄土』中の「ゆき女聞き書き」第一稿にあたる部分である。石牟礼はすでに水俣病と向き合っているわけである。

実は、水俣病は一九五三年（昭和二十八）頃には現れてきている。水俣湾周辺の漁村で多数の猫が死ぬようになるし、人間の間で原因不明の中枢神経疾患が散発する。この年の十二月には、水俣病第一号患者の溝口トヨ子が病気発症するのである。

さらに、一九六二年（昭和三七）三五歳の年に日窒水俣工場にストライキが起こり、市民向けビラを書いて組合を支援する。いわゆる「安定賃金闘争」である。日窒つまり現在のチッソが、工員たちに対して安定賃金協定を結ぼうということをやったのだが、これに組合が反発し、労使が対立して争い事になった。会社内だけでなく市民全体の問題になってきて、やがて労働組合が第一組合と第二組合とに分裂。無論、市民も巻き込まれて、水俣の街は全体が二分されてしまうような事態になってゆく。水俣という町は、水俣病で大揺れする直前に労働問題でも大変な事態が生じたのであり、石牟礼道子はそうした事態の中に一市民として関わっていく。

だから、家事を切り盛りしながら、短歌を懸命に詠んでいた一主婦・石牟礼道子、こうした日常はもう持続できなくなっていったのではないかと思われる。時間的に余裕がなくなってゆくし、また大事態の中でものを表現する際に、最早、五・七・五・七・七という文語定型の器《うつわ》には盛り込めない、そのような事態に身を置いていった。自分の内面を詠い上げる資質の人間でありながら、それだけでは生きられない。目の前に繰り広げられる事態に対して強力な散文精神を武器に進むほかなかったものと思われる。ともあれ、『苦海浄土』『流民の都』等々、石牟礼道子の作家活動は水俣病の患者たちに寄り添いながら活発に展開していくが、短歌作品の方はとんと見られなくなっていったのであった。

冥土への旅

そんな石牟礼が、二〇一〇年（平成十二）九月、「道標」第三十五号に久しぶりに短歌作品を発表する。「裸木《はだかぎ》」と題された十八首である。これは一九九八年（平成十）より翌年一月にかけて成立した作品で、作者自身の前書きに「『春の城』終わらんとして原城を訪れてより、にわかに歌兆す」とある。天草四郎を中心として描いた力作長篇が完結する直前に島原の原城を訪れた後、ふつふつと歌ごころが湧いたもののようである。

まず、こういう歌が「裸木」には見られる。

裸木の樹林宵闇にしばし映ゆ赤き小径をゆくは誰ぞも

裸木の銀杏竪琴のごとくしてあかつきの天人語もまじる
冬月の下凍りゆくあかときぞ裸木の梢わが魂《たま》のぼる
生きている化石の樹ぞと思ひつつ千年の夢われに宿れる
夢の外に出づれど現世にあらずして木の間の月に盲《め》しいたりけり

一九六五年（昭和四十）頃までの作品と比べてみて、やはりずいぶんとトーンが違うというか、違った印象が生じてきているのではないだろうか。石牟礼は、これらの作品で具体的な何ごとかを詠っているわけではない、と思える。むしろ自らの魂の中にうずまくものを掴み取り、具象化せぬようにして並べており、読む側は夢まぼろしの境へ誘い出された気分である。以前の短歌は、これに比べたらむしろ具体的で、詠嘆があり、あれはやはりなんだかんだ言っても石牟礼の屈折した「青春」が表現されていたことになろう。だがこの「裸木」にあるのはそういうふうのものでなく、現世とあの世との境いを魂が行き来している、そんな状態から言葉が紡ぎ出されているような雰囲気である。独特の静けさ、幽冥感というようなものが感じられる。

だが、そうした傾向のものばかりではない。

冬茜《ふゆあかね》樟《くす》の木群の重げなるにはかに顕《た》つも母の面影
かなしみを口にのぼせぬ人なりきいかばかりをぞ胸にかかえし
わが母のかなしみうつつに胸にくる冬の茜の消えなむとして
遠き世の悲しみうつつになりくるを抱きて母の笑まいありしよ

「裸木」にはこういうのもあって、石牟礼の母親のことが詠まれた作である。母・はるのが亡くなったのは一九九八年（昭和六十三）五月十六日である。没後十年経ってのこの四首、母親を喪った悲しみはほとんど薄れぬまま作者の内にある、ということが察せられる。

そして、「裸木」の最後尾に置かれている歌が次の二首。

湖の底よりきこゆ水子らの花つみ唄や父母恋し
水底の墓に刻める線描きの蓮や一輪残夢童女《ざんむどうじょ》よ

これは、作者の深い思いが現実の人造湖の湖底の様子を踏まえた上で表現されたもの、と云える。石牟礼は一九七八年（昭和五十三）二月と一九九四年（平成六）九月の二回、球磨川最上流部、熊本県球磨郡水上村の市房ダムを訪れている。二度ともダム湖は極度に水の少ない状態で、湖底が広く干上がっていた。そこは、かつての村の中心集落があったあたりである。役場や民家、小学校や中学校、発電所といったものの残骸が現れていた。田んぼや畑の区画なども確認できるし、墓場になると墓石はそのまま残っていた。歌の中に「水子」とあるが、そのような水子の墓もあった。「線描きの蓮」が墓石に刻まれていたり、「残夢童女」との戒名なども、石牟礼はよく観察して歌に詠み込んでいる。湖底の様子はよほど印象深かったのであろう。この二度の市房ダム湖訪問が元になってイメージがダイナミックにふくらみ、長篇小説『天湖』へと結実していったのである。

石牟礼の若い時分の作は結構折り折りの自身を表現していたので、作者の「私小説」というふうに喩えても良いのか知れなかった。これに対して久しぶりに発表した「裸木《はだかぎ》」十八首は、過ぎ去りしものを悼んでの挽歌。そのような気配が感じられる。

最後に二首だけ見ておこう。

花びらの吐息のごとくてのひらになでられつゆく冥土への旅

緋むらさきのあわいの空ゆ爪出して夕べの虹をわたりたるかな

石牟礼道子は二〇一八年（平成三十）二月十日、享年九十で永眠したが、この二首はその三年前、二〇一五年（平成二十七）の作である。一首目は、同年四月十七日の詠。「てのひら」とは、すなわちお釈迦様の掌のことであろう。石牟礼道子は、この時点ですでに自らの状態を「冥土への旅」として自覚していたかと思われる。二首目は同じ年の七月に詠まれたと推定されているが、幻想的な趣きの詠である。右の二首、いずれも未発表作だ。そして、これ以降の短歌作品は少なくとも現在の時点では確認できていない。

石牟礼道子略年譜

昭和二年（一九二七） 三月十一日、白石亀太郎と吉田ハルノの長女として、熊本県天草郡宮河内（現在、天草市河浦町宮野河内）に生まれる。生後三ヶ月で水俣町へ移る。

昭和一五年（一九四〇）一三歳 水俣町立第一小学校を卒業、水俣町立水俣実務学校（現在の熊本県立水俣高校）に入学。

昭和一八年（一九四三）一六歳 水俣町立実務学校を卒業、佐敷町の代用教員錬成所に入り、二学期より葦北郡田浦小学校に勤務。この年から歌稿あり。

昭和二〇年（一九四五）一八歳 八月十五日の敗戦を田浦小学校で迎える。

昭和二一年（一九四六）一九歳 三月、水俣町立葛渡《くずわたり》小学校に転勤。同月、戦災孤児タデ子と出会い、五月まで自宅で保護。軽度の結核のため自宅休養。

昭和二二年（一九四七）二〇歳 学校を退職し、三月、石牟礼弘と結婚。歌集『虹のくに』（私家版）を作成。

昭和二三年（一九四八）二一歳 十月、長男・道生出生。

昭和二六年（一九五一）二四歳 この頃、「令女界」歌壇に投稿。

昭和二七年（一九五二）二五歳 「水俣詩歌」や「毎日新聞」短歌欄等に短歌を発表するようになる。十月、熊本市で創刊された歌誌「南風」（主宰・蒲池正紀）に入会。

昭和二九年（一九五四）二七歳　四月、歌友・志賀狂太が人吉市の山中で自殺。この年、水俣市内のレストランに半年勤務。この頃、谷川雁を知る。

昭和三三年（一九五八）三一歳　谷川雁主宰の「サークル村」結成に参加。十一月、弟・一《はじめ》、鉄道事故で死去。この年九月、新日窒水俣工場が廃液の放流先を百間港から水俣川河口の八幡プールに変更。廃液による水銀汚染が津奈木や芦北方面等の不知火海全域に拡大。

昭和三五年（一九六〇）三三歳　「サークル村」一月号に「奇病」を発表（『苦海浄土』中の「ゆき女聞き書き」の第一稿）。

昭和三七年（一九六二）三五歳　日窒水俣工場にストライキ（新日窒安定賃金闘争）が起こり、市民向けビラを書いて組合を支援。谷川雁・渡辺京二らの「熊本新文化集団」に参加。

昭和三八年（一九六三）三六歳　十二月、「現代の記録」創刊、「西南役伝説」を発表。

昭和四〇年（一九六五）三八歳　四月、「南風」に最後の出詠。十一月、渡辺京二編集・発行の雑誌「熊本風土記」創刊号に「海と空のあいだに」（『苦海浄土』初稿）第一回を発表。翌年十二月号まで連載。

昭和四一年（一九六六）三九歳　六月より、高群逸枝伝の準備のために東京都世田谷区の「森の家」（橋本憲三宅）に約五ヶ月間滞在。

昭和四三年（一九六八）四一歳　一月、水俣病対策市民会議を結成。十月、「高群逸枝雑誌」に「最後の人」連載開始。妹の妙子が岐阜より帰郷し、姉の仕事を補佐。

昭和四四年（一九六九）四二歳　一月、『苦海浄土』を講談社より刊行。熊日文学賞を与えられたが、辞退。翌年、大宅壮一賞にも選ばれたが、これも辞退。四月、父・亀太郎死去。六月、水俣病患者たち訴訟を提起。以後、患者たちと行動をともにする。

昭和四五年（一九七〇）四三歳　五月、厚生省補償処理会場占拠に付き添いとして参加。水俣病患者支援運動が全国的に盛り上がってきて、家族ぐるみで多忙を極める。以後、チッソ東京本社占拠（自主交渉闘争）・水俣病訴訟等、多忙な状態が数年間継続する。九月、「苦海浄土・第二部」を「辺境」に連載開始。

昭和四八年（一九七三）四六歳　三月、『流民の都』（大和書房）刊行。六月、熊本市内に仕事場を設ける。八月、マグサイサイ賞受賞、マニラに赴く。同年、季刊雑誌「暗河《くらごう》」創刊にたずさわる（一九九二年まで四十八冊発行）。

昭和四九年（一九七四）四七歳　四月、秀島由己男と詩画集『彼岸花』（南天子画廊）刊行。十一月、『天の魚（「苦海浄土」第三部』（筑摩書房）刊行。十二月、『潮の日録・石牟礼道子初期散文』（葦書房）刊行。

昭和五一年（一九七六）四九歳　四月、色川大吉・鶴見和子等に依頼して不知火海総合学術調査団を発足させる（七年後に報告書『水俣の啓示』を刊行）。五月、橋本憲三死去。十一月、『椿の海の記』（朝日新聞社）刊行。

昭和五五年（一九八〇）五三歳　九月、『西南役伝説』（朝日新聞社）刊行。

昭和五八年（一九八三）五六歳　十一月、『あやとりの記』（福音館書店）刊行。

昭和五九年（一九八四）五七歳　六月、『おえん遊行』（筑摩書房）刊行。

昭和六一年（一九八六）五九歳　五月、句集『天』（天籟俳句会）刊行。十一月、西日本文化賞を受賞。

昭和六三年（一九八八）六一歳　五月、母ハルノ死去。享年、八十五。

昭和六四年・平成元年（一九八九）六二歳　六月、『歌集 海と空のあいだに』（葦書房）刊行。

平成四年（一九九二）六五歳　五月、『十六夜橋』（径書房）刊行。

平成五年（一九九三）六六歳　十一月、『十六夜橋』により紫式部文学賞を受賞。

平成七年（一九九五）六八歳　一月、田上義春・杉本栄子・緒方正人らと「本願の会」結成。

平成九年（一九九七）七〇歳　十一月、『天湖』（毎日新聞社）刊行。

平成一〇年（一九九八）七一歳　四月、「熊本日日新聞」等七紙に「春の城」を連載開始。

平成一一年（一九九九）七二歳　十一月、『アニマの鳥』（「春の城」改題、筑摩書房）刊行。

平成一四年（二〇〇二）七五歳　一月、朝日賞を受賞。七月、新作能「不知火」、東京で初上演。八月、『はにかみの国　石牟礼道子全詩集』（石風社）刊行。

平成一五年（二〇〇三）七六歳　三月、『はにかみの国　石牟礼道子全詩集』により芸術選奨文部科学大臣賞を受賞。五月、島尾ミホとの対談『ヤポネシアの海辺から』（弦書房）刊行。十月、パーキンソン病と診断される。

平成一六年（二〇〇四）七七歳　四月、『石牟礼道子全集・不知火』（全十七巻・別巻一）が藤原書店より刊行開始。八月、新作能「不知火」水俣奉納上演。十一月、熊本県近代文化功労者として表彰される。

平成二〇年（二〇〇八）八一歳　六月、多田富雄との往復書簡『言魂』（藤原書店）刊行。十月、生誕地・天草市河浦町宮野河内を訪ねる。

平成二四年（二〇一二）八五歳　十月、『最後の人・詩人高群逸枝』（藤原書店）刊行。

平成二五年（二〇一三）八六歳　二月、『石牟礼道子全集・不知火』本巻完結。

平成二七年（二〇一五）**八八歳**　五月、『石牟礼道子全句集 泣きながら原』（藤原書店）刊行。八月、夫・石牟礼弘が死去。享年、八十九。

平成二八年（二〇一六）**八九歳**　四月、熊本地震発生。入居していた老人ホーム・ユートピアが半壊し、自室の本なども散乱。

平成三十年（二〇一八）**九一歳**　二月十日、死去。

〈参考文献〉
『石牟礼道子全集　不知火別巻』（藤原書店）巻末年譜
米本浩二『評伝石牟礼道子　渚に立つひと』巻末年譜

短歌初句索引

※数字は短歌の掲載頁を示す

あ行

か行

さ行

た行

ま行

や行

ら行

わ行

＊本書は、歌集『海と空のあいだに』（葦書房、一九八九年刊）に収録されている短歌三三二首と、同書に収録されていない短歌三四〇首（未発表のものも含む）で構成されている。歌集『海と空のあいだに』に収録されていない短歌については、主に「道標」（人間学研究会）第30号、第35号、第36号、第56号、第59号、第63号、第65号、および石牟礼道子資料室の「創作ノート」から採録した。

（弦書房編集部）

〔著者略歴〕

石牟礼道子（いしむれ・みちこ）

一九二七年、熊本県天草郡（現天草市）生まれ。

一九六九年、『苦海浄土――わが水俣病』（講談社）の刊行により注目される。

一九七三年、季刊誌「暗河」を渡辺京二、松浦豊敏らと創刊。マグサイサイ賞受賞。

一九九三年、『十六夜橋』（径書房）で紫式部賞受賞。

一九九六年、第一回水俣・東京展で、緒方正人が回航した打瀬船日月丸を舞台とした「出魂儀」が感動を呼んだ。

二〇〇一年、朝日賞受賞。

二〇〇三年、『はにかみの国　石牟礼道子全詩集』（石風社）で芸術選奨文部科学大臣賞受賞。

二〇一四年、『石牟礼道子全集』全十七巻・別巻一（藤原書店）が完結。

二〇一八年二月、死去。

石牟礼道子全歌集　海と空のあいだに

二〇一九年十月三十日発行

著　者　石牟礼道子
発行者　小野静男
発行所　株式会社　弦書房
（〒810・0041）
福岡市中央区大名二―二―四三
ELK大名ビル三〇一
電　話　〇九二・七二六・九八八五
FAX　〇九二・七二六・九八八六

組版・製作　合同会社キヅキブックス
印刷・製本　シナノ書籍印刷株式会社

ISBN978-4-86329-195-9　C0092